その手に乗ってはいけない！

辛
Shin Sugok
淑玉

ちいさいなかま社

もくじ

はじめに――8

I……その人は私であったかもしれない

東京ローズと旧日本兵――14
人命より品格が大事――20
声をあげつづける責任――26
帰化と年金――32
またぞろタマちゃん――38
リストカット――44
弟からの電話――50

Ⅱ アメリカにて

吐きだした感情の行方――60
特権階級の鈍感さ――66
ちょっぴり哀しいねぇ――72
やさしさを拒む理由――78
「私がルール」の異常さ――84

Ⅲ 女《おんな》の苦難はつづく

着がえも、トイレも――94
山口百恵の罪――100
キャリアの否定…だからといって終わったわけではない――106

進化の止まった男たち――112
ケンカの作法――118
「シアワセ」はオトコがくれるもの?――124
母の気持ち　子どもの気持ち――130

Ⅳ……闘う相手は誰?

それでもありがとうか……――140
わかってるよ――146
生きて罪を償うこと――152
光市母子殺害事件場外乱闘――158
宅間死刑囚の処刑――164
善人と悪人――170

その手に乗ってはいけない――176

V……自分の頭で考えよう!

違和感――186
何が報道されていないか――192
新五族協和としての多民族共生――198
自分の頭で考えよう――204
直久さんの挑戦――210
非暴力の思想――216

おわりに――224

どうやら、病気らしい。

私の部屋のことを友人に話すと、「げっ、そんなところで休めるの?あなた大丈夫?」と問いかえされることがよくある。

鏡台もなければテレビもない(ちいさいのがあるがホコリをかぶっている)。ドレッサーもない。通常、女性の部屋にあるような飾りものやかわいらしいものは一切ない。

古材を使った柱には部落民の解放を求めた「水平社宣言」(※1)のチラシのレプリカ、ふすまには朝鮮和紙に書いた三・一朝鮮独立宣言文（※2）と訓民正音（※3）が貼られている。十数点ある絵画や彫刻や陶器は、理解するのに時間がかかる友人たちの作品だ。

机の前にはガンジーの非暴力思想を思って糸車を置き、階段の壁には旧日本軍性奴隷とされた女性たちが描いた絵が飾られている。

ベランダの照明は旧首相官邸の玄関灯。この明かりの下でロクでもない指示を出していたのだなと、「昭和」の腐った男たちを思い起こす。部屋の明かりは大正時代の遊郭の照明。この下で泣いたり笑ったりしながら生き抜いた彼女たちの人生を想う。

そして、デスマスクのようにこちらをにらみつけているのが、彫刻家金城実さんが作った魯迅（※4）の顔である。

夜中、ぼーっとしてベッドを出ると、この魯迅の顔と対面する。「甘いぞ！」「闘っているのか！」と言われているような気がして、ぎょぎょっとしながらトイレに行く日々である。

安らげるのだ。

友人らは「病気だ」と言うが、それなら病気でもいい。私は、こういう空間が大好きなのだ。

ちいさなベランダの鉢には、「雑草」と呼ばれる草花がワイワイ咲いている。昭和天皇は、「雑草という名の草はない。すべてに名前がある」と語ったそうだが、創氏改名で朝鮮人から名前を奪った張本人がよく言うよ、とうんざりさせられた。私はこういう欺瞞《ぎまん》が大嫌いだ。ちいさな草花に水をやりながら、名もない、忘れ去られていく者たちを想う。

そんな思いで書いたコラムが、今回、まとまって一冊になる。

そのときどきの思いに、多くの読者から手紙やＦＡＸ、メールを頂いた。その一つひとつに返事を書くことはできないけれど、雑誌を通して思いがキャッチボールできていることがとてもうれしい。

本当にありがとう。

※1　水平社宣言

部落差別に抗するため、西光万吉が起草し、一九二二年三月三日、京都市の岡崎公会堂で開かれた全国水平社創立大会にて駒井喜作に読みあげられた、世界に誇れる日本の「人権宣言」。当時欧米では、日本で初めての民衆による解放運動が起きたとトップニュースで伝えた。この大会から、被差別部落の解放運動が全国的な広がりを見せた。末文の『人の世に熱あれ、人間に光あれ』は、今なお多くの人の心を魅了している。

※2　独立宣言文

日本の植民地下の朝鮮半島で、一九一九年三月一日、朝鮮独立運動が起こる。そこで、読みあげられた宣言文。「吾らはここに、わが朝鮮国が独立国であること、および朝鮮人が自由民であることを宣言する」から始まり、非暴力を前面に押しだしている宣言文は、崔南善（チェ・ナムソン）によって起草され、一九一九年二月二七日まで二万一千枚が印刷され、天道教とキリスト教の組織網を通じて朝鮮半島の一三都市に配布したとされる。その後、朝鮮全土で抗日運動が広がる。この朝鮮民衆のうねりに脅威をおぼえた日本政府は、のちに関東大震災で、「（日本が）弱くなったらやられる」として、朝鮮人の大量虐殺を行う。

※3　訓民正音（フンミンジョンウム）

『訓民正音』は、ハングルの原形となった文字を記した書物。李氏朝鮮の世宗時代の一四四三年に作られ、一四四六年に公布された。訓民正音とは「民を教える正しい音」の意。

※4　魯迅

（一八八一年九月二五日—一九三六年一〇月一九日）

中国の思想家、作家。著書に『阿Q正伝』『狂人日記』など。

I

その人は私であったかもしれない

東京ローズと旧日本兵

子どものころ、新宿駅のガード下などに、旧日本兵の装いで地面にひれ伏し、ハーモニカを吹きながら物乞《ものご》いをする男の人たちがいた。

ある者は腕がなかったり、ある者は足がなかったり、手も足もなかったりと、その姿はさまざまだったが、みな一様に「障害」を負っていた。

私は、軍人が嫌いだった。

日本兵と聞くたびに、不愉快な気持ちになった。

そして、子どもながらに軽い侮蔑《ぶべつ》のまなざしで彼らを見た。

その姿はかわいそうに感じたが、同時に「日本の国からお金（軍人恩給）をもらっているのに、まだこういうかっこうで哀れみを乞うて稼ごうとしている。文句があるなら日本の政府に言えばいいのに」と心の中で思った。

「日の丸」「軍歌」「軍服」

それは、私の父や母、祖父母を苦しめた象徴でもあったからだ。

だから、一度として、その物乞いの皿にお金を入れたことはなかった。

あれから、三〇年近くが経った。

「あの人たちは在日だったんですよ」

「えっ？」

私は耳を疑った。

走馬灯のように、彼らの姿が目の前に浮かんだ。

「なぜ？」

「日本政府から一銭も軍人恩給などの支払いをされず、日本人として使い捨てにされた人たちが、生活に困って物乞いをしていたそうです」

在日への戦後補償を調べていた弊社のスタッフが教えてくれた。

自分の中で崩れていくものがあった。

軽蔑のまなざしで一瞥《いちべつ》を加えた自分の姿が、鮮明に目の前に浮かんだ。

植民地下、朝鮮人から皇国臣民とされ、天皇の赤子《せきし》として軍隊に入れられ、そして日本の侵略戦争に加担させられた。戦後は日本人としてBC級戦犯の罪に問われ、そして朝鮮人だという理由ですべての補償から排除された。

同時に、在日社会の中でも、日本軍に加担した人だとして白い目で見られていた。

助けてくれる者はどこにもいなかった。

彼らは、すべてから見放された存在だった。

どのような想いでハーモニカを吹き、どのような想いで日本の地面にひれ伏し、どのような想いで物乞いをしていたのだろう……。

もし、彼らが自らの出自を明らかにしていたら、朝鮮人は彼らを救っただろうか。あのとき小銭を投げいれていた人たちは、朝鮮人の元兵士だと知ったら、お金を投げいれてくれただろうか……。

かつて、第二次世界大戦中、米軍兵士たちを厭戦《えんせん》気分にさせようと、日本から米軍に向けて甘いことばで語りかけるNHKの対外放送（ラジオ東京）があった。当時、前線の米軍兵士たちはラジオ東京の女性アナウンサーを〈東京ローズ〉と呼んだが、その中には旧植民地出身の女性もいた。

現在アメリカにいる彼女の親戚《しんせき》に会う機会があった。彼女のことは、今日に至るまで親族として語れなかったという。

彼女はどんな想いでマイクの前に座り、語りつづけたのだろうか。

東京ローズとして唯一名乗りでたアイバ・トグリ・ダキノ、本名戸栗郁子は、終戦直後占領軍に逮捕された。のちに証拠不十分で釈放されたが、アメリカ帰国後の一九四八年六月再逮捕。四九年九月、サンフランシスコ連邦裁判所で国家反逆罪により禁固一〇年、罰金一万ドル、アメリカ市民権剝奪《はくだつ》の有罪となり服役。五四年仮釈放。五六年一月二七日に釈放され、アメリカ国外追放となった。

のちに多くの人の支援で市民権を回復した悲劇の二世と語られて

いるが、名乗ることさえできずに朽ち果てていく人がいることを私たちの多くは知らない……。

人命より品格が大事

横綱審議委員たちの顔が、妙に不気味に感じられるのは私だけだろうか。

体調不良で夏巡業を休み、母国モンゴルで子どもたちのサッカーに参加したことでメディアから袋だたきにされたドルゴルスレン・ダグワドルジ（朝青龍）が、治療を終え、再来日した。

テレビカメラが何台も連なるなか、謝罪会見をし、横綱審議委員会にも出むいて、委員たちの前でお詫びをした。

「こちらを見ることがなかったが、それが精いっぱいの謝罪なのでしょう」と語った女性委員の勝ちほこったような顔が、妙に印象に残った。

思えばこの間の報道は、「朝青龍」がモンゴルで酒を飲んでいただの、謹慎中なのにどこそこの競技を見に行っていただのと、病人を監視する内容ばかりだった。

ドルゴルスレン・ダグワドルジのことでは躍起になってやれ横綱の品格だなんだと騒いでいる横綱審議委員会だが、若手力士がリンチで殺された件についてはまともなコメント一つ聞こえてこない。

人一人の命が奪われたことに怒り、真相究明を求める声はまったくといっていいほど聞こえないし、非人道的な「しごき」を監視するメディアもほとんどない。

関東学院大学ラクビー部の選手たちは、大麻を吸ったことで逮捕され、監督は辞任し、部活も停止された。

いつでもそうだ。高校や大学では、一部の学生による不祥事で連帯責任を取らされる。

しかし、日本の「国技」を自認する彼らからは、殺された力士の命を思って春場所を取りやめようという声も上がらない。いつものとおり、淡々と同じことを繰りかえすだけ。彼らにとっては、人命よりも「品格」という名の、彼らにとってのメンツのほうが大事なのだろう。

相撲協会をよくしようとするのは、親方の仕事でも力士の仕事でもなく、ましてや横綱審議委員会の仕事ではない、ということか。では彼らは、自分の仕事はきちんとやっているのだろうか？

横綱審議委員会による横綱への推薦基準は、①品格、力量が抜群であり、②大関で二場所連続優勝した力士を推薦することを原則とする。また、③二場所連続優勝に準ずる好成績をあげた力士を推薦することができる、とある。

しかし、何回か優勝した小錦は、結局大関を最高位として引退した。品格、力量とは主観である。数字を出しても横綱にはなれず、最後は主観でコケにされる。

相撲協会は女性を土俵から排除し、女性知事からの知事賞授与も拒否しているくせに、公共施設は平気で使う。

「日本人」力士は年々減少し、外国人力士を活用しなければ相撲じたいが成りたたないにもかかわらず、その「品格」を問う人たちの人格を私は疑う。

ちなみに、現在入門している外国人力士の国籍は、モンゴル・ブラジル・中国・韓国・ロシア・トンガ・グルジア・チェコ・ブルガリア・カザフスタン・エストニア・ハンガリーと多岐にわたる。遠くない将来、アフリカ出身の力士もでてくるだろう。

かつて、相撲界には在日の力士がたくさんいた。のちに伝説のプロレスラーとなった力道山のように、貧しさから逃れるためにスポーツ界に入る者は少なくなかった。

大相撲が日本人と在日から構成されていた時代、在日の横綱が誕生した。その昇進パーティは、「日本人」向けと「朝鮮人」向けの二回開催された。出自を執拗《しつよう》に隠すことを強要する相撲協会に、当時私は、「日本人に愛される人は、日本人でないといけないいんだ」と感じた。

ハワイ出身の力士の活躍で出自が隠しきれなくなると、こんどは彼らに日本人以上に模範的な日本人になることを求めた。その規範から外れたら、「品格」がないとしたのだ。

京都の西陣織をはじめ、日本社会で伝統だ文化だといわれているものの多くが外国籍住民によって継承されていることに目を向けるものは多くない。外国人によって支えられているのなら、その外国籍住民の文化や価値観を認めることが、せめてもの礼儀だろう。

ボロ儲けしている相撲協会や偉そうなことを言っている委員会の人たちは、だべって、酒飲んで、メシ食っている人たちの目の前で、ふんどし姿で、チョンマゲを結い、取りくみをする、出稼ぎ労働者である外国人力士の気持ちを一度でも真摯《しんし》に考えたことがあるのか。

それができていたら、若手力士が逃亡するような部屋のリンチに対しても、的確な処理ができたはずだ。

声をあげつづける責任

難民というと、紛争地帯から来る人を想像するが、日本国籍をもった人も海外で難民認定を受けていることを知る人は少ない。迫害の恐れのある人たちには、先進国も途上国も関係ないのだ。

今、難民認定を求めて日本に滞在している外国籍住民に、健康保険は適用されない。もちろん、ほとんどの人は就労も許されていない。なんの説明もないまま収監され、送りかえされることもしばしばだ。日本語の習得もできないまま裁判にかけられ、夢をもって日本に来たのに、結局自らの意思で迫害国に戻る人も少なくない。

「日本に来るまえは奴隷だった。でも、日本に来ても奴隷だった」と語ったクルドの少女のことばは、今も私の耳に残っている。仮放免の更新は一か月ずつ。その日が近づくたびに強制送還の恐怖におびえる。病気になどなったら、どれほど絶望的な思いに陥ることだろうか。

かつて、在日にも国民健康保険は適用されなかった。病気になったら、一〇〇%自己負担である。そのため、多少のことならガマンすることがあたりまえだった。

私が六歳か七歳のころ、東京都の美濃部都知事によって、健康保険証が在日にも交付されるようになった。それがどれほどうれしかったか。母は今でも、「あなたの命を守ってくれたのはミノベさんよ」

と、初恋の人を思うような表情で語る。子どものころは、そんな話をする母を見て、私はきっとミノベさんの子どもなんだ、だからお父さんは私に冷たいんだ、と本気で思っていたくらいだ。

健康保険証のおかげで医療費は三割負担となったが、それでも貧しいわが家には負担は重かった。

当時は、両親が深夜まで働きに出ていたため、兄弟姉妹四人だけの生活が続いていた。

ある日、姉が熱を出してうんうん唸っていた。姉の止めることばを振りきって、近所の医者を呼びにいった。もう夜九時を回っていた。何軒探しても、どこも出てきてくれない。ドアホン越しに聞こえてくるのは、「院長先生はもうお帰りになりました」ということばばかり。

内科、外科、産婦人科……。「医」と名のつくところは、かたっぱしからドアをたたいた。一一時近くにようやく耳鼻科の医者をつかまえ、その手を引っぱって自宅まで走って連れてきた。

高齢のその医者は、はぁはぁぜーぜー言いながらついてきた。

「お姉ちゃん！　お医者さん連れてきたよ」と言うやいなや、姉は鬼のような形相で、「来ないで！」「帰ってもらって！」と仁王立ちになって叫んだ。

「診てもらいなよ」と言う私に、「帰って！」「いらない！」「医者を呼ぶほどのことじゃない！」姉は叫びつづけた。

あきれ顔の医者は、「じゃ、行くから」と半分ふてくされながら帰っていった。

私は呆然《ぼうぜん》とした。姉は、お金の心配をしていた。診てもらったりしたらいくらかかるのか、どうやってそのお金を払うのか、そればかりが心配だったのだ。

姉の熱はしばらく下がらず、私は、米びつのお米をかき集めてお粥を作り、息もたえだえな姉の顔を見つめていた。

姉は、学校に行くたびに「栄養失調」と診断され、学校から呼びだされた親は、「子どもさんにちゃんとご飯をあげてください」と言われつづけた。人のものを取って食べることができない姉は、人一倍ちいさく弱かった。

立つことさえできない状態の姉が、仁王立ちになって医者を追いかえしたその表情は、今も私の脳裏に焼きついている。

貧乏は嫌だと思った。どんなことをしてでもお金が欲しいと思った。

そして、このお金で何が食べられるかではなく、これが食べたいと思ったときに、財布を気にしないで食べられる生活がしたいと思った。

子どもでも働けるところがあればなんでもした。そうすることがしあわせになることに通じると信じて疑わなかった。

そんな私が、犯罪に手を染めなかったのは、単なる偶然でしかない。マイノリティがなんらかの犯罪に絡めとられるとき、私はそこに自分の姿を見る。その人は私であったかもしれないからだ。だからこそ、彼らの後ろに何があったのかを、いつも突きつめて考える。

　多くの人は、差別の結果としての犯罪という認識に立つことがない。それがまた差別を温存させ、弱者を貶《おとし》めることにつながる。たまたま、手を染めることなくここまで来られた者の一人として、私には声をあげつづける責任がある。それが、強者となった私の責任なのだ。

帰化と年金

めまいのすることが続いている。

サイン会の会場で、ある女性が興奮気味に聞いてきた。

「辛さん！　どうして国会議員にならないんですか⁉　辛さんみたいな人が政治家になってくれないから、この国はダメなんです。政治家にならないのは、日本が変な国で、いやだからなんですか⁉」

「……えっと、あのー、私には選挙権がないんですが」

「えっ？」

「選挙権だけでなく、住民投票の権利もないのですよ。ですから、被選挙権なんてまったく考えられないことで……」

税金は日本人と同じだが権利はないというあたりまえのことが理解されていない。

すると、

「どうして帰化しないのですか？」

「はぁ？」

「帰化」は差別語である。本来、蛮族が天子の王化に帰するという意味の用語であり、だから一般には国籍取得という表現をする。どう説明しようかと一瞬とまどったすきに、その女性はたたみこんできた。

「帰化しないのは、日本が嫌いだからですか⁉」

ため息が出た。目の前の彼女は必死である。この国を変えたいという思いでいっぱいなのだ。

私のような旧植民地出身者の子孫から何世代にもわたって市民権を奪い、二重国籍も生地主義も採用せず、「帰化」するにも差別的な条件をクリアしなければならない。こんな対応をしている国は、世界の中で日本だけである。いくども国連から勧告を受けたにもかかわらず、日本政府は一貫して排外主義の姿勢を崩さない。それを支えているのは、投票権をもつ有権者である。一票のない者の意見など多くの国会議員からすれば聞くに値しないもので、有権者が声をあげないかぎり、私の人権が確保されることは決してない。

彼女にはそれが見えない。

その日の夜、家に戻ると、なにやら騒がしい。知人が自分の親のことで憤慨しながら話している。

「帰化してたのよ、うちの親が‼」

彼女は二五年まえ、結婚しようと思った男性が日本人だったため両親から猛反対をされ、結局見合いで同じ在日韓国人の男性といっしょになり三児をもうけた。

自立して家を出ていた弟が、内緒で日本国籍を取得したことを知った親は、親子の縁を切った。それほどの思いがありながら、親は「帰化」したのだという。しかも、その事実を娘である彼女に長い間知らせていなかった。

「年金よ」

「年金？」

「自治体の人が来てさ、帰化すれば年金がもらえるって言ったんですって」

在日一世には年金がない。

沖縄が「本土復帰」したとき、年金受け取りに必要な支払い年月が足りない者には特別措置があったが、在日にはそのような措置はとられなかった。結果として無年金となった。在日にも年金が出るようになったと聞いたとき、父は、かつて日本の企業に勤めていたとき天引きされていた年金手帳を取りだし、うれしそうに区役所に行った。「これでおまえたちに迷惑をかけずに生きていける」と。

しかし、帰ってきた父は黙っていた。その後ろ姿が私の脳裏に焼きついている。このとき私は、自分は年金には決して加入しないと決めた。なんの補償もない一世にとって、年金は唯一子どもに迷惑をかけずにすむ手段なのだろう。そしてそれは、「帰化」という踏絵を踏まなくては手に入らないものなのだ。

「あー、これで娘の私も気楽に帰化ができるわ」

知人のそのことばに、胸がかきむしられるような思いがした。

すると、横で私の母が言った。

「私も帰化したい」

母は、長い間同じことばを繰りかえしている。

「朝鮮人とわかると、お友だちから、恥ずかしいからあっちに行ってとか言われる」

「そういうのは友だちじゃないよ」

「でも、私の世代の人はほとんど朝鮮人が嫌いよ。おまえの言うとおりにしてたら、友だちが一人もいなくなっちゃう」

母のことばを聞きながら、私は、朝鮮人として生まれたことに喜びをもって死んでいきたいと思った。


翌日、選挙の応援演説に参加した。

年金基金のムダ使いを指摘している候補者の横で、年金すらない一世の哀しみを胸に秘めて、「××候補に一票を」と声をあげる自分を道化のように感じた。

私はいったい、何をしているのだろう……。

またぞろタマちゃん

ブチ切れるというのは、こういうことを言うのだろう。

反省も味噌もクソもない。

かつて、多摩川にぷかぷか浮いていたオスのアザラシをタマちゃんと名づけ、エサをやり、写真に撮り、住民票まで交付した。そのとき、外国籍住民がアザラシの格好をして「私たちにも住民票を」

と抗議したが、抗議のようすを報道はしても、なぜ彼らがそれを望むのか、どうして憤っているのかを取材し、記事にした紙面はついに見なかった。

そんななか、四国の那珂川で、またオスのアザラシが泳いでいた。するとこんどはナカちゃんと名づけて住民票を与え、わざわざホームページからダウンロードできるよう、カラーの「ナカちゃん専用住民票」をアップした。

ふざけるな。この、役所というものの、救いようのない鈍感さ。私も含め、旧植民地出身者は、何世代経とうと、生まれたときから外国人登録証を持たされ、日本人とは別の管理をされる。そして、税金は日本人と同じように取られ、すべての義務は日本人と同じなのに、あらゆる公的サービスから排除される。公的サービスは住民票をベースにしているからだ。

ある地方を回ったときのこと、「あちら（朝鮮）の人の家は、庭を見ればわかるんですよ」と言われた。庭に「村花」がないからだという。その地域では、生まれてきた子ども全員に村の花の苗木をプレゼントしていた。子どもが生まれると、村花の木は庭に植えられ、子どもの成長とともに村花も生長する。しかし、外国籍住民の子どもにそれはない。

在日のように、日本名で生活し、出自を公にしていない家であっても、苗木が配られないことで、日本人ではないということを周囲に知られることになる。その子が小学校に入るとき、同級生の家々にある村花の木を見て、どう思うだろうか。排除された自分を、どのように受けとめるだろうか。

その義務教育も、日本人にとっては義務だが、外国籍住民に対しては単なる恩恵でしかない。ゆえに、校長や教育委員会などの裁量でいくらでも剝奪できる。入学案内は住民票をベースに出されるから、外国籍住民の家には小学校の入学案内が来ないところもある。

かつて、在日の家では、近所の同い年の子が入学するのを見て親が小学校に連れていくというのが常だった。もちろん、成人式の案内も来ない。ちいさな村で、自分だけが二〇歳のお祝いをしてもらえない。民族団体が催すちいさな成人式に着物を着て参加する在日の若者の心のうちを、どれほどの公務員が知っているのだろうか？民族団体の成人式に参加できる若者はまだいい。そこに参加すると日本人ではないことがバレてしまうという恐怖から、誘いにいっても押し入れに隠れて出てこない若者の姿を目のあたりにして、私は泣いた。

成人式の案内を、機械的に住民票をベースに配った役所の担当者は、その住民票の重みをどれほど想像したのだろうか。

アルバイト先で、正社員にするからと住民票の提示を求められ、そのたびに職を変えている在日の青年の気持ちがわかるか？

拉致監禁強制売春を強いられ、人生をめちゃくちゃにされた在日

的に嫌がらせをしている。

ン・シンド）さんに対して、今でも、高齢の日本人男性たちが恒常

の元軍用性奴隷（差別語で「従軍慰安婦」と呼ばれる）宋神道（ソ

敬老の日、その嫌がらせ老人たちには住民票をベースに役所から座布団が配られた。しかし、今なお迫害を受けている宋さんにはその座布団は配られなかった。自分たちの都合で勝手に性奴隷とし、補償もせず、使い捨てにし、無視し、声をあげればたたいてきた日本。腕に日本名が刺青されている宋さんを、この国は、この市町村は、一度として日本人並みの人間として扱ったことがあるのか。

いつも強気な宋さんが、ポロリと「オレ、ジャプトン欲しかった」と口にしたとき、胸が張りさけそうだった。そして私は泣いた。怒った。

住民票からの排除は、そこに住民として生きていることじたいを否定することなのだ。多摩川に浮いているだけで住民票がもらえる

のなら、今からでも浮いてやる。那珂川でプカプカしているだけで住民票がもらえるなら、すぐにでもプカプカしよう。

たかが紙一枚のことで遊びだというのなら、その遊びがどれほど人の心を傷つけているか気づこうともせず、しかも何度もやりつづけるのは、まぎれもない暴力だと私は叫ぶ。

リストカット

二九年ぶりに、高校二年のときの同級生が集まった。

学校では問題児とされていた連中が集まって、すでに退官された当時の担任教師を囲む会が開かれた。

女性は私一人。

「ニイヤマ（私の日本名）はほとんど学校に来なかったもんな」

「おまえ、簿記できなかったよな」

「××センセイがよくおまえに触ってたけど、あれ、セクハラだよな」

出るわ出るわ、本人も忘れているようなことをみんなよくおぼえている。中にはひとこともことも話したことのないクラスメートや、本当に同じクラスだったのかと、よく思いだせない人もいた。

思えば、不登校に家出にアルバイトの毎日で、学校になど通っている暇はほとんどなかった。


出席者の中に、ひときわ目を引くクラスメートがいた。

二年のときに転校してきた彼を見て、ひと目で同胞だと直感した。しかし、確証がないまま月日が過ぎていった。

今回の会を催すことになって、当時の担任に聞いてみた。

「××君は在日ですか?」

そのひとことで、それ以上聞くこともなく終わっていた。

「いや、違うだろう」

宴もたけなわになったとき、誰かが
「ニイヤマ、おまえこれから何やりたいの?」と聞いてきた。

「在日として生きていきたいんだ」

在日の歴史を含めて、基礎知識のない友人たちにどう説明すればいいのか、一瞬とまどった。そして、あいまいな返事をした。

しばらくすると、「オレも韓国人なんだよ」と少し酔った××君が声をあげた。

空気が止まった。

そして、「おまえらは何もわかってねぇ。バカだ、バカだ、バカだ」とバカの連発が始まった。

そのことばをさえぎるように、企業に勤めている友人が、「ニイヤマよ、そんなに肩肘張ることないんだよ。おまえはよ、日本人なんだよ」と言いはじめた。

彼らは、哀しいほど善意なのだ。

××君はますます「バカだ、バカだ」を連呼した。

和やかな空気が消し飛んだ。


「私、××君が同胞だって知ってたよ」

「うそだ。どうしてわかったんだ」

「わかるよ」

「名前じゃわからないだろ」

「名前じゃない。でも、わかった」

「それじゃ、どうして声をかけてくれなかったんだ」


そのことばに驚いた。

私は、本人が自分で名乗っていないかぎり、そのことにはふれないことを信条としていた。そう告げはしたが、心は乱れた。彼の手はきゃしゃで、私の手より細かった。

二九年後のその手には、苦労の跡が見えた。

「オレは指紋押捺《しもんおうなつ》にも反対したんだ」

「……」

「ニイヤマが来るって聞いたから、来たんだ」

「……」

「おまえががんばっているから、オレもがんばれたんだ」

私は、うまく答えられなかった。

出自にふれなかったことがよかったのかどうか、混乱していた。

帰路、一人の少女と彼がダブった。

在日のその少女は、北朝鮮報道を見るたびに自分が責められているような気持ちになった。そんな彼女を、日本人の友だちは、「あなたは違うから」「あなたは日本人と同じよ」とフォローした。しかし、そのことばがかえって彼女を苦しめた。卑怯者になったかのような、複雑な思いが交錯した。そして少女は、自分の居場所を求めてリストカットした。

彼の手には、見えない何重ものリストカットの跡があるような気がした。

彼が発した、「おまえらバカだ」ということばの本当の想いを、私は伝えなくてはならないと感じた。

しかし、いまだにことばにできずにいる。

弟からの電話

私には、三歳年下の弟がいる。

弟は、一四歳で家を出た。以来、その顔を見たのは、父の葬儀をはじめ数回しかない。

多くの日本人には理解できないかもしれないが、かつて一部の民族学校では「反動分子狩り」と称して、組織や体制に順応できない者を徹底的にたたき排除した時期があった。

中国の文化大革命にも似た狂騒状態がちいさな学びの場に繰り広げられた。死者も多数出て、廃人になったものもいた。

私は、日本の学校からの編入生だったため、資本主義思想に絡めとられた、指導の必要な子どもとして扱われた。そのうえこの性格で何かと逆らったため、そのたたかれ方は尋常ではなかった。

「総括」という名のリンチによって、私の背骨は二度ずれた。そして一三歳のとき、私は民族学校からも家からも逃げだした。

京王線のつつじヶ丘の畑で野菜泥棒をして飢えをしのぎ、空き家で寝泊りして生きのびた。

弟は、そういう私の弟ということもあって、ささいなことを理由に教師たちから徹底的にやられた。リンチを受けて家に担ぎこまれたとき、意識はなく、破れた頰《ほお》から歯が見えていた。

病院からは、警察に届けたほうがいいと伝えてきた。私は、学校を燃やしにいこうと父に迫った。しかし、父は黙ったままだった。当時、警察は朝鮮人をなんとか捕まえて組織を弾圧しようと画策していた。警察に届けることは、同胞朝鮮人を売ることだった。植民地支配を生き抜いてきたものには到底できることではなかった。

そして弟は家を出て、チンピラに拾われ、ヤクザの構成員になった。

当時のわが家は、傷ついた弟の手をしっかり握り締めていてやることができなかった。家族はみんな疲れていたし、日々、口を糊《こ》するだけでも大変な状況だったからだ。

弟は気が弱くて、いつも泣かされている子どもだった。そこに駆け寄るのはいつも私。

ヤクザなどできるタマではない。

案の定、組の中でも兄貴分の不始末の尻拭《しりぬぐ》いや、身代わりで裁判にかけられるといった日々が続いた。

父の死後、「カタギになろう」と話をしたことがあるが、弟は、「小学校も出ていないオレに何ができるというんだよ」と凄《すご》んで出ていった。その目は、明らかに憎しみに満ちていた。

捨てられた子どもの叫びだった。

四三歳になる弟の子どものころの夢は、夕暮れどき、「ごはんですよー」と広場に母が呼びにきてくれることだったという。その夢は、とうとうかなうことなく終わった。

その弟も、父の墓には定期的に行く。そして、居場所も知らせないが、母には年に一回程度電話をかけてきて、玄関口で母の顔を見て帰っていく。

連絡先を教えてもらうように母に言うと、「いつも言うのよ。でもね、オレとかかわりがあると迷惑がかかるからと言って電話を切るの」と返ってくる。

あるとき、受話器の向こうで弟は、「カタギになったヤクザということで記事になった。セツコ（私の日本名）なら必ずその記事を見ているから」と話したという。

弟は、今、商売をしているというのだ。

「あいつは、溺れながらも必死で岸にたどりつこうとあがいているんだよ。だから、今度はその手を離してはいけない。今度こそ家族らしく、親らしくしようよ」と母に言った。

しかし母は、「おっぱいをあげているときには親だという実感はあったけど、（あの状態の中で）親をやっていたら、私は死んでいたわ」とつぶやいた。

母もまた生きのびるだけで精いっぱいだったのだ。

DV（ドメスティック・バイオレンス）の家庭と同じである。すさまじい暴力にさらされている子どもは、自分を守ってくれるはずの母親を追いかけるが、母親は夫から逃げるだけで精いっぱいで、子どもの叫びを理解することができずにまた逃げる。

そうして、子どもは壊れていく。

電話の向こうの弟は、家族の三〇年のブランクを埋めようとしている。

私は、今度こそ彼に伝える。

「何もしてあげられなくてごめんね。それでも、あなたを愛している」と。

Ⅱ

アメリカにて

――二〇〇五年八月～二〇〇七年一月アメリカ滞在

吐きだした感情の行方

アメリカ生活四か月目にして、自分の振りあげたこぶしが、どこにどのように振りおろされたのかを目の前で見る羽目になった。

サンディエゴでは、車がないと買いもの一つできない。ここで生活する人にとって、車は必需品だ。その車のスピードメーターがときどき動かなくなり、ディーラーの修理工場に向かった。

着いた早々、「点検に一〇〇ドル。不具合が見つかったら見積りを出す。その金額を了承してくれたら修理をする」と言われた。了解して自宅に戻ったが、待てど暮らせど電話はこない。

そこで翌日直接訪ねると、「チェックしたときメーターが動いたから問題ない」と言われ、そのまま車を返された。

もちろん、メーターは同じように不具合が続く。数日後、今度はエンジンの異常を示すランプが点灯した。

再度持っていくと、また点検に一〇〇ドルと言う。了解してチェックしてもらうと排気系に故障が見つかり、修理に二〇〇ドルと言う。それも了解して、修理を終えた車を受けとり、高速に入ったとたん、またエンジンの異常を示すランプが点灯した。

そのまま工場に戻り、担当者に詰めよった。彼は、これまで一度としてまともな対応をしてくれたことがない。電話一本くれない。しかも、修理内容の説明を求めたら、いかにもめんどうくさそうに、後ろ向きでほかの仕事をしながら、早口の英語でまくしたてたのだ。

私はブチ切れた。

「これはどういうことだ？」「私は技術者じゃないからわからない」「ふざけるな！　あんたはマネージャーだろう？」「だからわからない」「だったら修理の担当者を呼べ」「もう帰った」「なら電話しろ」「できない。ここまで運転してきたのだから、きょうはこれに乗ってかえって、あした来い」

「何言ってるんだ！　お前はそれでもプロか？」「私は私の仕事をしたまでだ」「車はここに置いていくから、送りむかえの車を出せ！」「そんな車はない」「出せ！」

私の怒りに驚いた彼は、そばにいた私の韓国人の友人に助けを求めた。友人はすぐさま私を止めた。「またあした来ればいいじゃないですか。ダメだったら、車を替えればいいんですよ」

彼の車は日本円で約六〇〇万円。私の車は二〇万円。金持ちはケンカをしなくてもいいように、金がすべてフォローしてくれる。翌日迎えの車を出させること、翌朝一番で修理することを約束させて帰った。

翌朝、早い時間に迎えにきたのは、ラティーノ（メキシコ系）の人だった。

思えば、白人の担当者が私の車の置き場所を間違えて入力していたため、豪雨の中、修理工場の車置き場を三〇分以上も探しつづけていたのもラティーノの人だった。

修理工場では、お客の相手以外の仕事は、ほぼすべて白人ではない人たちがしている。そのドライバーは、朝食をとるひまもなく、電話一本の指示で私を迎えにきたのだ。

ことのしだいを私から聞いた彼は、ひどい対応をしつづけたことを詫びた。「あなたのせいじゃない」「でも、あなたがアンハッピーなのは胸が痛い」と彼は言う。そして、早朝から呼びだされようが、仕事があるだけでもありがたい、と言った。彼もまた移民だった。

二〇〇五年末、ブッシュが出した移民排斥法案が下院で可決された。一二〇〇万人ともいわれる未資格就労者を重犯罪者扱いし、奴隷のように管理するこの法案に反対して、今、高校生たちをも含む激しいデモが行われている。

就労資格がないことを理由に移民を搾取し、利益をむさぼりつづけてきたのは、アメリカなのだ。白人の豊かな生活の下には、今でもそれを支える奴隷の存在がある。肌の色の違いは、まさに命の値段が違うことを意味していた。

翌朝、その工場での修理を拒否して自宅に持ってかえると、車の中から修理の指示書が出てきた。そこには、エンジンの修理も、スピードメーターの修理も、指示されていなかった。技術者の問題ではなかったのだ。「サイテーな野郎」、思わず、口から出た。

この件で、私は怒鳴りつづけた。その結果、白人担当者のミスのつけを、白人ではない人たちが、反論一つできない状態で、黙々と払いつづけた。その一つひとつの姿が目の前に浮かんだ。

どうすればよかったのか、とため息が出た。

特権階級の鈍感さ

アメリカにいて、夫の海外赴任に同行した女性たちと話していると、なぜだか哀しくなることが多い。

五月一日、メーデーの取材から帰ると、駐在員の夫をもつ女性が、移民排斥法案の内容を得々と周囲に説明していた。そして、「(不法移民に）反対して追いだしているのはメキシコの人たちよ。だって、自分たちは正規で入ってきたのに、彼らといっしょにされたくないという人も多いのよ」と言った。そういう彼女は、毎週、白人ではない人がハウスクリーニングに来る、月何十万もするような社宅に住んでいるという。怒りにも似た自分の感情を押さえつけるのに苦労をした。

メーデー会場のバルボア公園には世代を越えて人々が集まり、「イコールロウ（平等な法）を」と訴えていた。

現在、アメリカ国内には約一二〇〇万人（東京都の人口に匹敵）の未資格就労者（いわゆる「不法移民」）がいると推定されている。しかし、オレンジが一ドルで袋いっぱい買えるほど食材が安いのも、街並みが花で飾られているのも、低賃金の労働力である彼らがいるからだ。

未資格であることにつけこんで、足環をつけ、逃げられないようにして奴隷のように働かせていた企業が摘発されたこともある。豊かなアメリカの生活は、最下層にいる彼らが支えている。

9・11の旅客機突入事件以来、アメリカでは未資格就労の人たちをテロリストと同一視する空気が拡大してきた。これを背景に、アメリカ下院は二〇〇五年一二月一六日、不法入国を重罪とみなし、不法移民と知りつつ雇った雇用主には、一件あたり二万五〇〇〇ドル（約二九〇万円）の罰金を課すなどの法案HR4377「temporary worker program」を可決。

この法案では、未資格者はその存在自体が「重罪」とされ、送還後の再入国は不可能となる。彼らを助けた者も厳重に処罰される。これには、庇護《ひご》を求めてやってきた移民を助けた教会やシェルターの関係者も含まれるのだ。もちろん医療は受けられない。さらに、この法案に従わない州は、連邦政府からの補助金が得られなくなる。

職についている不法移民は、正直に名乗りでれば一時的に「合法化」扱いするが、三年後には国外追放となる。労働力だけを搾取して定着させないためだ。

もちろん、すでにアメリカ社会に定着している人にとっては、すべての生活の破綻を意味する。亡命者や難民が犯罪を行うと、それが万引きなどの軽犯罪であってもすべての市民権が剝奪される。すでに刑期を終えた人でも、国土安全保障省が「危険外国人」(dangerous alien) と指定した者は無期限に拘束することができる、といった驚くべき内容だ。

さらに、アメリカ―メキシコ国境の三分の一にフェンスを立てて、移民が入ってこられないようにするという法案（法案４４３７）も盛りこまれている。可決されれば、このフェンスは間違いなく低賃金の移民たちによって立てられるのだ。かつて、ナチスがユダヤ人自身に穴を掘らせ、そこに彼らを埋めた方法とまったく同じではないか。

デモはロサンゼルスをはじめ、アトランタやフェニックスで何万人もの規模で連日行われている。休日ともなると高校生や中学生も抗議行動に参加し、町中で声をあげている。目の前の友だちが送還されるかもしれない。家族が分断されるかもしれない。それはともに生きる私の問題なのだと、在留資格や民族を超えて、日に日に抗議が高まっている。

冒頭の女性のことばは、評論家気取りとして片づけられる内容ではない。差別を助長する、支配者がいつも使う常套《じょうとう》手段と同種のものだ。

たとえば、ＤＶの被害女性に「『たたかれるようなことをした女が悪い』とほかの女性が言ってましたよ」とか、シェルターの建設を求める人に「ああいう女といっしょにするなと女性が反対しているのよ」と言うのと同じだ。どんなに被害者が訴えても、決して当事者の悲しみを理解することがない。こうした、いつも加害者の側に立ち、身の安全を図るやり方が、目の前の悲劇を永続させている。

ため息をつきながらレストランに行くと、今度はほかの日本人女性が、「どうして高校生がデモするのかしら。学生の本分は勉強でしょ」と言ってきた。そのことばを聞いたアメリカの高校生は、「あとでは遅すぎる」と一蹴《いっしゅう》した。

豊かになりたいと願う人々の思いを利用して搾取しているのは誰なのか、考えるべきではないか。悲しみを共有できない彼女たちは、特権階級としての己の姿を省みることもない。

ちょっぴり哀しいねぇ

ロサンゼルスで、少数者（マイノリティ）に関する講演会に招かれることが多くなった。私のような旧植民地出身者で、日本で育ち、なんらかの理由でアメリカに定住した人も多い。ロスには在日のコミュニティもある。母語が日本語なので、韓国から来た移住者とはまた違うコミュニティを形成しているのだ。

私からダイレクトな在日の情報を得られると思ってか、講演会場は満席となり、講演終了後も長い質問が続いた。

驚いたことに、日系人（社会）との葛藤を語る人が少なくない。お互いが日本での生活をベースに語るため、国家を背負った代理戦争になる場合もある。その結果、元在日や韓国系の人が主催する会に日系人が出向き、いつまで戦後補償を言うのか、自分は韓国人に間違われて迷惑をしている、などと言ってくることもたびたびあるという。

また、原爆の話題などは、日系社会の中でもストレートに語ることはむずかしい。まして、在日が日本の植民地支配と合わせて語ろうなどとすれば、日系社会は極端なアレルギーを起こすという。

そんななか、いい関係を築こうと努力する人もいる。元在日の男性が、みんなを励まそうと話しはじめた。

「この間すばらしい日本人に会いました。『在日は、もっと日本の悪いところを主張してください。そうすれば日本はもっとよくなるから』とその人は言うんです」。この手のことばはよく聞く。うれしそうに語る彼には申し訳なかったが、私が「私なら、その日本の人に、では、あなたは何をするのですかと問いかえします」と言うと、彼はしばらくきょとんとしていた。

日本をよくするためには外圧が必要だなどと言う日本人は少なくない。しかし、そのことばがいかに無責任であるかを知るべきだ。「よそ者」とされたものが集まって声をあげるより、一人の日本人が声をあげ行動に移したときのほうが、はるかに日本社会は変わる。

在日は、税金などの義務は同じでも選挙権がない。政治家は、票をもたない者のためには動かない。投票権がない者たちの声を反映する仕組みはないのだ。その日本人は、おそらくそれすら知らなかったのだろう。それに、外圧で国内を変えようとするのは、自分は責任を取りたくない、ということだ。

アメリカと日本を比べて語る人もいる。

「アメリカの軍隊はどの国籍でも入隊できるが、自衛隊は日本国籍しか入れない。そこがアメリカの懐の深さだ」と語った人がいた。

徴兵制の敷かれている韓国で、在日は徴兵制の枠から外れている。それは日本生まれだからではない。在日をスパイ扱いしているから、組織維持のために排除しているのだ。同じ国籍でも排除されるのだ。長い間、南北の休戦ラインである三八度線には、外国人は入れても在日は許可されなかった。しかし、投資を求めるときには、誇りある韓国人だといって在日をたてまつる。

国家とはそういうものなのだ。米軍が多国籍なのは、アメリカ企業の利益のために死んでくれる人間が必要で、アメリカ人の命は世界で最も高いから命の外注をしているに過ぎない。第一、「懐が深い」国が暴力装置である軍隊で世界を牛耳ることじたいがおかしいではないか。

会場から湧きでることばにいくばくかの違和感を感じながらその場をあとにした。

翌日、日系のラジオ番組でインタビューを受けた。「在日の友人に、もっと堂々と本名を使って生きていけばいいのよ、と励ましました」と二十代の日本人女性が明るく語った。

日本の植民地下で名前を奪われ、戦後も冷戦構造の下、基本的人権すら奪われすべての権利から排除された生活を強いられてきた在日が、自らの力で自己奪還をするためには、相当の時間と環境が必要になる。日本の学生が簡単に学べる韓国語も、在日が学ぼうとするとその葛藤は大きい。彼女のことばは、名前を奪った側が、どうして使わないのと聞いているに等しいのだ。しかし、それをストレートに伝えても、多くは、私がやったんじゃない、と感じるだけだ。

確かに、「あなた」が植民地化したわけではない。しかし、今なお在日の九〇％が日本名で生活しているのは、日本社会の閉鎖性があるからだ。その閉鎖社会を温存しているのは、構成員である「あなた」たち自身なのだ。そこにおとなとしての責任があるはずだ。

歴史を知らないがゆえに、勇気づけたいと思ったことばが暴力になってしまう。ちょっぴり哀しくなった。あちこちで感じるこの奇妙な違和感はなんなのだろう。

やさしさを拒む理由

サンディエゴのホートンプラザから、コロナド行きのバスに乗った。途中でアフロ・アメリカン（アフリカ系アメリカ人）であろう女性たちが乗りこんできた。その最後に、杖をつき、手に荷物を持った初老の女性が、重いからだを苦しそうに動かしながらバスのステップに足をかけた。

車内の入口近くに座っていた女性がその荷物を持ってあげようと手を差し伸べたとたん、初老の女性が何ごとか怒鳴った。「荷物を盗るのか?」とも聞こえたが、はっきりとはわからない。確かなことは、その手を拒んだことだ。その剣幕に驚いた女性は手をひっこめたが、初老の女性はまだ怒りつづけていた。そして、フンとでも言いたげに次のバス停で降りた。

残った人たちは、顔を見あわせて肩をすくめた。私は、彼女のこっけいとも見えるその不器用な姿に、彼女の人生を思った。そして、きっとかつて大事なものを奪われたことがあるのだろうと考えた。

他人のやさしさを無防備に受けいれることは、決して容易なことではない。それを受けいれるためには、他者と信頼に足る関係を築いた経験や、安全な空間の確保がなければならないからだ。蝕《むしば》まれてきた者の多くは人間のむごさを思いしらされているから、簡単には心を許せないのだ。

かつて、女性団体がＤＶの家庭で育った子どもたちの追跡調査をしたことがあった。正確な数字一つひとつをおぼえてはいないが、一〇〇例以上の事例すべてが哀しい現実を伝えていた。暴力に満ちた家庭で育った子どもたちは、多くの場合、人間関係をうまく作れない。そのため、犯罪に巻きこまれやすかったり、無気力であったり、反対に感情のコントロールがへたであったりする。自分より弱い兄弟姉妹を暴力で支配するといった行動に出た子どももいた。

肉体的ダメージは精神的ダメージに直結する。母に助けを求めようとしても、母もまた暴力の被害者である。被害者が被害者を助けることはできない。子どもが助けを求めれば求めるほど、母は逃げていく。母には、もはや子どものＳＯＳを聞きとる力が残されていないのだ。

そして、母にも捨てられたと感じた子どもは、さらに壊れていく。そこに貧しさが加わる。悲劇の連鎖はこうして続いていく。暴力は生活のすべてを破壊すると言っていい。

その暴力の頂点にあるのは、暴力によって支配を可能にする戦争と植民地化だろう。マイノリティの社会では、国家暴力と家庭内暴力はみごとにリンクしていた。

たとえば、私が預けられていた親戚の家では、叔父は、気にいらないことがあると叔母を裸にして殴った。日本社会で奪いとられた民族的優越感を、さらなる弱者への暴力で補うのだ。私は、その姿をなんどとなく見せつけられた。

殴るとき裸にするのは、逃げる気力も、逃げるための物理的な条件も奪いとるためだ。その手法は、かつて日本帝国主義の官憲が朝鮮人を捕まえたときに行ったやり方そのままだった。

のちにこの叔父は日本国籍を取得したが、そのとき私に「オレはなぁ、帰化できる朝鮮人なんだぞ（お前たちとは違うんだ）」と誇らしげに語った。差別を内面化することでようやくバランスを保っていたのだ。姪っ子が五歳のとき初めて書いた字は「おとうさんがこわい」だった。

植民地支配という暴力の文化は、巧みに形を変えて生活の隅々にまでしつこく根づく。それを個人の力量だけで根絶するのはむずかしい。差別や支配をすることで利益を得られる者がいるかぎり、負の遺産は続いていく。それはいずこも同じである。

思えば、アメリカという国は、一貫して国の内でも外でも植民地主義を続けてきた国である。

一五世紀、スペイン王家の支援を受けたコロンブスがアメリカ大陸を侵略し、合計三五〇〇万人ともいわれる先住民を殺しまくったジェノサイドの幕を開けた。

生き残った先住民は最底辺の労働力とされ、殺戮《さつりく》の結果不足した労働力を補うためにアフリカから黒人を奴隷として強制連行したのだ。連れてこられた人たちはどれほど恐ろしい思いをしたことだろう。人間以下の扱いを経て、アフリカ系の人々がアメリカで暮らすに至ったのだ。

植民地支配と強制連行は、文化の抹殺であり、家族の分断であり、生活と愛の根絶であり、暴力の日常化である。その後遺症は何世代にもわたって続く。かつて、白人との平等を求めたマルコムXは殺され、自らの手で生活を支えあおうとしたブラックパンサーの活動は破壊され、リーダーとされた人たちはことごとく殺された。そしてそれを糾弾しつづけたジャーナリストのムミア・アブ＝ジャマールは、今、死刑を求刑されて獄中にいる。

あの、手を拒んだ初老の女性を思う。

あの偏屈さを個人のキャラクターのせいにするのは簡単だ。しかし、人には、民族には歴史がある。マイノリティが無条件にやさしさを受けいれられるほど、この社会はやさしくないのだ。そして、その社会を支えているのは豊かさを享受している私たちなのだ。

「私がルール」の異常さ

アメリカでの生活も一年近くになった。

「主張しなければ何も解決しない」と言われつづけたが、そのことばにうさんくささを感じずにはいられない。

世界中の人が学びにくる英語のクラスだけでも、おかしなエピソードが数えきれないほど並ぶからだ。

たとえば、文法を担当する男性教師が、授業の冒頭、最近のおもしろ話を語った。何かのトラブルで警察犬を殺してしまった人に五年の実刑判決が下りたというのだ。最初は耳を疑った。なぜ？　と聞くと、彼は「警察犬だから」と言いきった。

彼は、英語の構文に関する生徒からの問いにも、それはルールだからと言いはなつ。決して生徒のもつ疑問に答えようとはしない。彼はいつでも、これがアメリカだというスタンスを崩さない。自分に対して疑いをもつという訓練がなされていないから、他者のことばに耳を傾けられないのだ。主張などしようものなら、すぐさま成績に跳ねかえることを生徒たちは知っている。

会話を担当している女性教師は、十数か国から来ている学生の母語に合わせてあいさつをしたが、韓国語だけはなかった。学生の約四割は韓国からの留学生なのに。そして、韓国語はむずかしいからと学生の名前もおぼえず、自分で付けたあだ名で彼らを呼びつづけた。彼女は、それが暴力だとは気づいていない。

しばらくすると、数人の学生が教室を去った。彼女は途中でやめた彼らのことを努力しない学生と決めつけ、やめた理由を想像することはなかった。

聞きとりを担当している女性教師は、サウジアラビア人学生がラマダンの断食に入っていることを知ると、「イスラム教徒の学生の成績は総じて低い」と断言した。理由を問うと、断食で食事をまともに摂らないからだと言う。その学生は断食と成績は関係ないと言ったが、教師は耳を傾けなかった。それは、生徒を思いやることばではなく、明らかに憎しみを込めた宗教への冒とくだった。

各国の学生たちは、自国で現代のアメリカ英語を学んできているわけではない。だから、「ポストマン」とか「チェアマン」といった単語を使うときもある。すると、フェミニスト気取りの女性教師は、まったくあなたたちは民度が低いと言わんばかりのパフォーマンスで「ポストパーソン」「チェアパーソン」でしょ、と指摘した。

男女平等概念が日常化するなかで、多くの英単語から男性か女性かを特定する部分が取りはらわれたが、世界中がそれを理解しているわけではない。その教師の憤慨するしぐさに、学生たちは「話す」授業であるにもかかわらず声をあげなくなっていった。単なることばの指摘ではないことを感じているからだ。

そのうえ多くの教師が、自分たちはパートタイム労働者で、保険もなく、待遇に不満であることを学生に愚痴る。たかだか二か月の授業で三六万円も支払わされる学生たちは、高いお金を払って二流の教師の愚痴を聞かされるのだからたまらない。なかには五〇分の授業のうち三〇分間、交通渋滞にあった不満を述べつづけた教師もいた。英語がじょうずに話せない学生たちは反論もできないし、もちろん通訳もいない。そして日々アメリカ人教師たちの不満のはけ口にされる。

もちろんなかには親身に授業をこなす教師もいるが、その数は圧倒的に少ない。

天真爛漫な笑顔を見せるアメリカ人教師たちに、そこに思いいたる感受性の鋭さは見られない。文化の違いと言っていいのか迷うが、そうしたギャップは日常茶飯事だ。先日、一日だけ家賃の支払いが遅れた。忙しさにかまけて忘れてしまったのだ。すると、管理人がニコニコしてやってきて、「罰金七五ドルです」と言った。その管理人とは毎日顔を合わせていたにもかかわらず、一度もそのことを注意してくれることはなかった。日本なら、ひとこと言ってくれればいいのに、と思うところだが、ここではそれは「ルール」なのだ。そのルールは私に課せられたもので、入居してからなんども繰りかえされた水漏れ、停電、ヒーターの不良、ランドリーの故障などは、彼らになんの落ち度もないというルールなのだ。

そしてそのアメリカのルールは、今世界中の人々に課されようとしている。アメリカのルールに違反したとされたものがどうなるかは、イラクやアフガニスタンの悲劇を見れば明らかだろう。その悲劇はとどまることなく広がっている。

　アメリカの警察犬はほかの犬とは違うように、アメリカ（人）の価値はかぎりなく高いのだ、ということの異常さに彼ら自身、気がつかないかぎり、世界の悲劇は止まらないように感じられてならない。

Ⅲ

女《おんな》の苦難はつづく

着がえも、トイレも

「男女共同参画」があちこちで足をすくわれているが、先だって報道されたニュースには、はぁ〜、と思った。

文部科学省が、全国の小・中・高校などの共学校四万四〇〇〇校について、男女同室での宿泊や着がえ、身体検査などが行われているかどうか、七項目にわたる調査をした。その結果、全国の公立小学校の一六・四％が身体検査を男女同室で行っていたというのだ。

ただし、五年生以上や中・高校ではまったくない。水泳の際の着がえに関しては、小学校の低学年を中心に四五・二六％で、中・高校はゼロだった。

で、この調査は、「学校に行きすぎた男女平等の考え方がある」との保護者らの指摘を受けて、今回初めて行ったというのだ。大笑い。

「男女共同参画」なんてものが唱えられるずっとまえから延々と行われてきたことを、今さら男女共同参画のせいにしようとするそのお粗末さに、アホかいなと思ってしまった。

昔はトイレも男女いっしょの学校だってあったし、身体検査なんて、効率を求めてガキどもを全部一列に並ばせ、さっさとやらせてきたのは文部省じゃないか。

さらに、ゆとり教育は弊害があるとして公教育のなかに競争をもちこみ、休み時間を短縮するなどの処置をとれば、着がえの時間なんていくらも取れなくなる。だいたい、教室の隣に更衣室がある学校がどれほどあるのか。まともな更衣室じたいがない学校だってあるのだ。

たった一〇分の休みの間にトイレにも行き、着がえもし、体育館か運動場に移動するなんて、どだい無理な話だろう。しかもなかには五分休みの場合もある。

とどのつまり、なんでもかんでも「男女共同参画」のせい、「行きすぎたジェンダー教育」のせいにしたいのだ。女に対する憎しみはこれほど強いのか、と感動すらおぼえる。

アメリカのある雑誌の特集で「日本人女性がアメリカでモテる理由」の分析がなされていたが、とどのつまり、男の言うことを聞いてかしずく日本女性が「芸者」のイメージと重なって、男の支配欲を満たしてくれるから、という結論だった。アメリカの女性は日本女性のように男を立てないし、平等感覚があるからと比較していたが、いずこの化石男も己の器を省みず、女にはあがめたてまつられたいのだろう。

国家が一番、男が一番としたい輩《やから》の天敵は、平等と公平を唱える女たちなのだ。

さて、本題に戻ろう。

企業研修の現場では、トレーニングの時間には男女別々に着がえをさせますなんていうレベルだったら、次から仕事がこない。

ずいぶん昔の話だが、研修会場と男性の宿泊棟が離れていて移動がむずかしく、適当な部屋の確保もできなかったため、男性だけは研修会場で着がえさせたら、クレームがきた。

「どうして私の着がえる姿を同僚に見られなくてはならないのですか」と。

そうなのだ。明らかなプライバシーの侵害なのだ。まわりにいるのが同性であろうと異性であろうと、着がえるという行為は、本人の意思に反して同室でさせられるべきではないし、肌を見せるか否かは本人の意志で決められるべきなのだ。

移動に時間がかかっても、各自の部屋に戻して着がえさせるべきだった。そのための時間を確保するのは、研修する側の責任なのだ。

これは子どもでも同じだろう。

あなたのからだはあなた自身のものであり、あなたの意思に反してあなたのからだを見たり触ったりすることは、誰にもできない。ましてや、殴るなどということは決して許される行為ではない、と伝えることの延長線上に、この問題はあると思う。果たしてそのような教育を、文部科学省はしてきただろうか?

自分たちにとってたたきやすい、都合のいいところだけつまみぐいして騒いでいるに過ぎないのではないか。

私など、もっと進んで、男女を問わずすべてのトイレを個室にしてほしいと思っている。トイレのスペースは男女いっしょだが、女性トイレは個室のため数がかぎられ、時間がかかる。男性トイレは、共同スペースのため効率がいいが、プライバシーは侵害される。学校でうんこをしない男の子は多い。個室に入ると「うんこした」と笑われるからだ。

私は、そういう配慮のなさが、すべての人に対する配慮のなさであり、一山いくらの日本の教育そのものであると思う。

個人の尊厳なくして、行きすぎた男女平等もないだろうにねぇ。

山口百恵の罪

飛びこみで参加したアメリカの大学の講義で、課題を出された。自分の誕生日前後のできごとをレポートするか、あるいは同じころに生まれた著名人について語るというものだ。

そこで、私は自分と一日違いで生まれた「山口百恵」について語った。彼女は、私たちの世代の象徴でもあるからだ。

山口百恵は一四歳でデビューし、二一歳で引退した。当時、山口百恵、森昌子、桜田淳子の中学三年生トリオは花の中三トリオと呼ばれ、それぞれが異なったキャラクターで時代を席巻《せっけん》した。

その筆頭が山口百恵だった。彼女のヒット曲「青い果実」の、「あなたが望むなら私何をされてもいいわ」というフレーズは、その意味をめぐって議論が沸騰したほどだ。

山口百恵は、性的シンボルであったのと同時に、引退まえには聖母のイメージをも併せもつようになった。衝撃的な歌詞とおだやかな曲を組みあわせ、「男」が望む、男に強姦《ごうかん》されて喜ぶ娼婦としての女と、母のようにいつくしんでくれる聖母としての女性の両方を、みごとに演じきったからだ。

結婚を機に引退を決めた彼女は、「山口百恵の夫が三浦友和なのではなく、三浦友和の妻が山口百恵なのだ」という趣旨の発言をして喝采《かっさい》を浴び、芸能界から身を引いた。

トップスターと地味な俳優との結婚。そのうえ、その夫を立てる献身ぶり。彼女は、最後の最後まで、男にとって都合のいい存在として幕を引いた。

一生分の生活費を稼ぎ、しかも男のために家に入るというのは、さながら山内一豊の妻のようでもある。

それゆえ、山口百恵のイメージは神格化された状態で今なおマーケットで生きつづけている。

思えば、私の世代の女たちには、結婚したら家に入るという古典的な結婚観が染みついていたように思う。

山口百恵の引退から二六年。同世代の女性たちは、均等法に守られることもなく、多くは非正規雇用の立場で兼業主婦をこなしてきた。

法律は施行されたが、実際の企業は女性にはきつく、セクハラやパワーハラスメントのなか、生きのびた女性たちの多くは「男性化」

した。

そして、その姿を見ることで、次世代の専業主婦願望はより大きくなった。そこまでして働く意味が見いだせなかったのだ。

しかし、バブル崩壊後、夫が失業もせず、安定した職場で安定した給料を取り、稼ぎをちゃんと家に入れてくれて、離婚もせずにいられるというのは、ごくかぎられた女の特権でしかなくなった。

今、多くの女は疲れているのだ。

そんななか、ネグレクトの記事が途絶えることなく流される。母親が子どもに食事を与えなかったという記事のなかに、父親の姿はない。子育ては今なお女だけの責任であるかのような書き方に、ため息が出る。

それらの事件からは、結婚願望に疲れ、現実の育児に疲れ、すべてのものをおじゃんにしたいという強いメッセージが感じられてならない。

疲れているから、自分も食事をまともに摂らない。そんな状態で子どもの食事など用意できようがない。

私が知りえたそうした女性たちは、決して育児に手抜きをしていたわけではなかった。社会のサポートから引きはなされた彼女たちは、「もういいでしょ！　私はもう精いっぱいなの！　せめて自分のことは自分でやってちょうだい！」と叫んでいるようでもあった。

その叫びの裏には、男に対する徹底した幻滅がある。

若いうちに金を稼いで一生専業主婦でいるという山口百恵のような生き方は、非現実的だ。

財産のない女たちに求められているのは、相対賃金が低下した男たちの、結婚しても働いてくれという主張だ。かといって、男たちに家事育児を分担する意思はほとんどない。彼らは、自分の世話と性欲処理と生活費の負担を求めているに過ぎない。

結婚したら夫の稼ぎで生活するという世界は神話となり、女性が社会で働いて十分な賃金を稼ぐのも多くはむずかしいとなれば、子どもなど産んでいるヒマはないではないか。

都合のいい女を演じるのは山口百恵までで十分だろう。

そして、山口百恵が今なお支持されつづけるということは、女性の苦難は終わらないということでもある。

キャリアの否定…だからといって終わったわけではない

ヨーロッパのメディアからの、「(妻は)キャリアを否定された」という皇太子発言に関連する問い合わせが、公式、非公式を含め多くなってきた。

テレビで何度も流される皇太子の発言に、犯人探しをしたり、「お世継ぎ」問題で過激な報道をして申し訳ないと言わんばかりの特集を組む姿を見ていると、皇室ネタというのはそれほどおいしいのだな、と感じてしまう。

先だって、ドイツの新聞社から、「雅子様のような聡明で現代的な女性がこのような伝統的なプレッシャーに悩まれるということは、現代的な日本社会のあり方と矛盾しています。皇室の問題、というより、女性の立場から見てどのように思われますか」という質問を受けた。

これも、質問自体が何かを履きちがえている。雅子さんが有名な大学を卒業していることや学力の偏差値が高いということは、彼女の聡明さを必ずしも保証するものではない。彼女は、天皇制というものを十分に理解していなかったからこそ皇太子と結婚したのではないのか？　彼女の今の状態が、それを十分に物語っているではないか。

もし彼女が、皇族ゆえに認められている既得権を維持しながら、なおかつ自由でありたいと求めているなら、それは天皇制に対する無知そのものといえる。

皇位を継承することを課せられた皇太子の「嫁」として天皇家に入るということは、その女性の人格より、子どもを産む下半身の能力が重要視されることを意味している。そしてそれは、天皇制を維持しようとする日本国家全体が、彼女の下半身に注目しているということだ。

天皇制は、女性を子どもを産む道具と見なす reproductive bias の上に成立している差別的で反人権的な制度だということを、「雅子さん問題」が明らかにしていると思う。

もし、彼女が愛情原理に基づく自由な結婚生活を求めるのなら、彼女がするべきことは皇室から離脱することであり、それは別の男と再婚しなくとも可能なことだ。

夫と二人で皇室から離脱すればいいだけのこと。

民間から嫁いだ皇太子妃が、男児を産むことを期待され、そのプレッシャーなどで疲れきって静養をしていてかわいそうと言わんばかりの見下した視点こそ、問題だ。

私は、彼女がかわいそうだとは思わない。かつて、夫である皇太子は、彼女を「一生全力でお守りする」と言った。

しかし、天皇家の世間知らずな御曹司《おんぞうし》に、そのようなことができるわけがない。実際、できなかった。

ほんとうに妻のことを思うなら、二人で家を出ることだって十分可能なはずだ。

しかし彼は、家は守りたいが妻に対してもなんとか帳尻を合わせてほしいと願っているようにしか見えない。

第一、あの家を出たら御曹司はどうやって食っていくのだろうか？

財産をもらって出れば一生安泰ということもあるかもしれないが、働かないで過ごすことほどむずかしいことはない。

雅子さんは、このようなみじめな事態を予想することも十分可能だったはずだ。それでも嫁いで、こうなった。

おそらく、「あんた、話が違うじゃない」と感じているだろう。すべてを投げうって賭けた（愛した）男との生活がこれだった……。

よくある話だ。ちまたにはゴロゴロしている。

「家」と「妻」とを秤《はかり》にかけて「家」を取るような男なら、自分の見る目がなかったとあきらめもつくじゃないか。

むしろこの事態は、彼女にとって、人生を再設計するいいチャンスではないのかと思えてならない。

人生には失敗がつきものだ。だからこそ人生は楽しい。
その失敗を、いかに人生の次のステップに生かせるかで人生の価値は決まる。
彼女も、これで終わりではない。

進化の止まった男たち

ある地方自治体の講演会場で人権担当の課長氏から、「男女共同参画とかなんとか言いますがねぇ、孫の子守りをしていても、お母さんが来たら孫はパーッとそっちに行っちゃう。やっぱり子どもは母親がいいんですよ。男が育児をしても子どもは喜ばないのに、なんだかんだと平等というのもねぇ」とマジに言われた。

孫が思ったとおりになつかなかったんだろうが、それにしても、最初に役割分業ありきで、その結果を見てやっぱり育児は女に向いているという本末転倒にもあきれるが、そもそもこの男性、笑顔もなければ、口はへの字で表情もない。話題も説教ばかりで、いっしょにいたって楽しくないし、態度もでかくていばっている。こんなオヤジに孫がなつくと思っているのだろうか。自分の姿を鏡に映して見てみればと言いたい。

そういえば昔、コンパニオン研修のとき、広告代理店の男性部長が、コンパニオンたちを前に、「さっ、笑って、笑って!」と、いかつい顔でどなりながら指示していた。その場にいた女性たちはみんな顔が引きつっていたのに、部長は「プロは笑顔!」と吠えまくる。あなたが消えればみんな笑顔になるのに、ということを理解していない。

まったく、「男」というのはどうしてこんなにおのれのことには鈍感な人が多いのだろうか。

女性が電車の中で化粧をするといって嘆く男たちこそ、平気で足を広げて座り、口を開けて眠り、シャツが飛びだしていたり、ベルトを人前でしめ直したり、酔っぱらえば何をしても許されると思っているのか、長椅子を占拠して寝転び、あげくの果ては、現行犯のチカンで逮捕されても、やっていないと平気でシラを切りとおす。こんなオヤジがゴマンといるのに、たかだか化粧一つで文句を言われちゃたまらない。

化粧している女は、座席を二倍も取っているのか？ ほとんどは、自分に与えられたちいさなスペースの中でこちょこちょ化粧しているだけだ。どっちがマシとは言わないが、男ならお目こぼしで、女だとはしたない、では筋が通らない。

そういえばこの間、東京の私鉄車内で目の前に座った男性が毛抜きを取りだし、鼻毛を抜きはじめたのには驚いた。ホントかよと思った。しかも、抜いた鼻毛を車内に振りおとしているのだ。めまいがした。これが女だったら大変な騒ぎになっていただろうと思った。

女性専用車両に対する嫌がらせもあとを絶たない。ある雑誌で、女性専用車両に批判的な人たちが、「それで問題（チカン）が解決するのか」とマジに反論していた。アホかいな。解決などするものか。男・チカンを野放しにしている以上、問題は解決などしないのだ。女性専用車両はまさに、性被害のトラウマから逃れるための一瞬のシェルターでしかない。中山千夏は、むしろ男性専用車両を作って男どもを隔離しろと言っていたが、そのほうがはるかに効果があるかもしれない。

この国の「化石男」たちは、女が少しでも優遇されるとすぐに文句を言いはじめる。その代表が、憲法だ。

憲法草案がマッカーサー率いる当時のＧＨＱから出されたとき、日本の男たちが最も抵抗したのは二つ。一つは、一条の天皇についての条項。そしてもう一つが二四条。これは、「婚姻は、両性の合意のみに基いて成立し、夫婦が同等の権利を有する」とうたっている。

この二四条について、天皇制と同じだけ議論をしたというのだからすごい。当時の男たちは、男女平等など日本の文化にない、日本の歴史にはない、日本のすべてにそぐわないと反対したというのだから、差別も筋金入りだ。その二四条を今も変えようとしているのだから、この国の為政者は戦前からその本質が何も変わっていないことを証明している。その権力にこびへつらって飯を食っている「オトコ」たちも同じ穴のムジナ。

女たちよ、こんなムジナオトコにだまされてはいけない。そしてきちんとした日本語を使って、現実を直視しよう。

男のことばにだまされるな。夫が手をあげるのです、ではなく、夫が殴るのです、とその加害性を明確に表現しなければ、被害の実態など誰にも伝わらない。

今からでも遅くない、男女共同参画は「性差別撤廃」と言おう。一般職は「お茶くみ&コピー取り&職場のオヤジ癒し係の腰掛職」、猥褻《わいせつ》は「すけべオヤジの性暴力行為」、買春は「金の力による強姦」、援交は「すけべオヤジの少女強姦」、痴漢は「卑怯で悪質な車内性暴力」、雷親父は「DVオヤジ」、亭主関白は「生活無能力オヤジ」と言うべきなのだ。

ケンカの作法

雇用の調整弁として女性社員を都合よく使いたいという男性管理職は少なくない。

友人のミツナは、高校進学を控えた娘との二人暮らし。十数年勤めた会社で、パートやアルバイトの女性たちの首切りが始まった。正社員のミツナは、パート労働者の首切りに反対した。

会社側は、弁の立つミツナの首をなんとか切りたいと、嫌がらせに余念がない。

嫌がらせは、まず、会社の駐車場を使わせないことから始まった。県境を越えての通勤である。車が使えないと、通勤時間は倍以上かかる。

しかし彼女は、バスや電車を乗り継いで通いはじめた。

机を陽の当たらない隅に追いやったかと思えば、こんどは、その机も取りあげた。彼女が担当していた仕事はすべて奪われ、新入社員に回された。

まともな仕事をさせず、一日中、掃除やごみ拾い、資料整理をやらせていたが、ミツナにすれば、淡々と一人で細かい仕事をするのは嫌いではない。与えられたカッターナイフと定規を手に、「こんな簡単作業で給料がもらえるなら、うれしいわ」とあっけらかん。

指示された作業が早めに終わると、「おまえは仕事をサボっている」と言いがかりをつける。かと思えば大量の仕事を投げ、きょうの四時までにと言う。できないと何時間でもサービス残業を強いた。能力がないからだと言うのだ。

たまっていた有休を取ったら、仕事が忙しいときに休んだと言って解雇の手続きを取りはじめ、関係者には、ミツナの言動の非常識さを創作してレポートとして提出する始末。

携帯電話が鳴ると、仕事中にプライベートなことをしていると怒鳴り、外で話をしているとその時間を給料から差し引いた。

もちろんミツナのメールはチェックされ、プライベートなメールでないならその一つひとつを説明せよと迫られた。

しかし、ミツナはなんともない。

さすがに根負けしたのか、部長が来て、「君にやめてもらいたいんだ」とひとこと。

どうやら嫌がらせのネタが尽きたようだ。

ミツナは「いやです」と笑顔で即答。

先頭バッターで嫌がらせをしているセンター長が、「なんだったら、君がここの長になればいい」と、こんどはイヤミたっぷりに投げかけた。

よせばいいのに、ミツナは、「私には、そんな学歴も、野望も、チンチンもありませんから」と言い放った。

「わ、私に野望があるとでも言いたいのか！」と、センター長は烈火のごとく爆発。

「野心はともかく、学歴とチンチンがなければセンター長にはなれませんからね」

ミツナはいつも、相手の痛いところにグサッと切りこむ。これできょうまでやってこられたのだから、脱帽である。

会社（男性優位社会）に入っても、決して傷つかないこと。それは、女性が働くうえでの鉄則だ。

「で、ミツナはこれからどうするの?」

「退職勧告なら、最低でも一年分の給料は保証よね」

なんと、ミツナはすでに弁護士と相談をし、会社側からの解雇などの程度が相場なのかをきちんと把握していた。

退職金一年分、冬のボーナスまではもらって、解雇なら失業保険はすぐに出る。

「でも、相手が納得するかな?」

ミツナはにっこり笑顔で、

「すべて記録に取っているから」

そうなのだ。これは、セクハラも同じ。

人権侵害を受けたら、まず記録に残すこと。そして、そのつど、周囲に話しておくことは「基本のき」。

いつ、どこで、どういう状況で、何をされたか、何を言われたか。

そのメモを見た弁護士は、「慰謝料も請求できますね」と興奮気味に語った。

感動しながらミツナの顔を見つめていると、「いじめられているときが、いちばん、勉強が進むわぁ」と。

そのミツナも、精神状態のバランスを保つために、カウンセラーの指示で薬を処方してもらっている。

いちばんきつかったのは、男性管理職に自分だけ取りいろうとして、パート・アルバイトの女性たちを排除する側にまわったほかの女性社員の姿だったという。

権力と闘うのは簡単だ。いちばんきついのは味方が後ろから刺すときなのだろう。

彼女の闘いは、間もなくゴングを迎える。

もちろん、ミツナの圧勝でね。

「シアワセ」はオトコがくれるもの？

二〇〇五年末、在日の弁護士への道を切りひらいた金敬得《キムキョンドク》さんが他界した。ガンだった。

少しまえに、シンポジウムの席でごいっしょしたとき、遺言としてもらったことばは、「いい女は結婚なんかしちゃいかんよ」だった。

金さんは、私よりも身長がひとまわりちいさい。そして長い間、在日という出自を隠して生きてきた。周囲を見わたせば、多くの人が義務教育を受けるのもやっとの生活をしていた。そのなかで、彼は弁護士をめざした。

当時、日本国籍のない者は、司法試験合格と同時に「帰化」を強いられた。しかし、彼は拒んだ。差別と闘おうとしている自分が、日本国籍を取得して闘うとしたら、そこにはいつわりがあると語った。今でも日本国籍の取得はハードルが高く、しかも法務大臣の裁量権にゆだねられている。つまり、ルールがなく、お上《かみ》の手のひらの上で決まるのだ。

裁判闘争の末、彼は外国籍の弁護士第一号として、旧植民地出身者のための道を切りひらいた。今では、外国籍の弁護士は、私が知るかぎりでも一〇〇名は下らない。軍用性奴隷にされた在日女性の弁護活動では、「オレは男の気持ちはわかるが、被害者の気持ちがわからんのだよぉ」と言いながらも、必死で弱い人の側に立った。

その彼の最期のことばが、「結婚なんかしちゃいかんよ」だったというのがおかしい。

思えば、「しあわせになりたい」ということばは、いつも女が使っていた。私の知るかぎり、女によって「しあわせになりたい」と言った男はいない。どうやらしあわせとは、男によって達成されるものらしい。

もし私が、ビジネスの世界で「男とは？」と問われたら、1．自分より強い（上の）男には気をつかい、2．自分と互角の男とは目いっぱい張りあい、3．自分より弱い（下の）男にはいばり、4．女は最初から視野にも入れておらず、それゆえ相手にもせず、5．使いたいときだけ女が視野に入ってきて、そのとき女がこっちを見ていないと怒る生きもの、と答えるだろう。

ビジネス社会で、女性を尊敬している男に出あうことはほとんどない。だから女は勝負の世界にもまともに入れない。うまみはみんな特権階級の男がもっていくのだ。

ＤＶの現場には、お前を拾ってやるのは俺だけだという男と、ここしか居場所がないと思いこんでいる女のペアが少なくない。それしかないと思いこんでいる。

殴られてもかけがえのない家族とかいうが、かけがえのないのはあなたの命ではないか。愛があるから殴るというのは嘘だ。愛があれば殴らない。にもかかわらず、だまされつづける。「しあわせになりたい」と、男に人生をゆだねる女がだまされるのはあたりまえだ。なんども言うが、男は決してしあわせになりたいとは言わない。しあわせとは、一人で生きぬく力をつけたときに、初めて手にするものだろう。そのためには、声をあげて、私に仕事をよこせと言わなくてはならない。それが権利だからだ。

その人が、そばにいなくてもいいし、いっしょに過ごす時間もいい、そういう関係が、唯一相手を尊敬できる関係になるのではないかと、最近、特に思う。

それは国家との関係でも同じだ。「国」が民をしあわせにしてくれるというのは嘘だ。国家というものは、たえず暴走しようとする装置を内包している。それは、暴力によって問題を簡単に解決するといううまみにとらわれているからだ。

世界は暴力でつながっていて、それによって甘い汁を吸う人たちが権力を握っている。イラク派兵を含め、国家のために殺してもいい命を正義の名のもとに作りだしている。「怒らせたお前が悪い」と言いはるDV男と、軍事力で物事を解決する国家は、双子のようなものだ。

殴られないですみ、どなられないですむ社会、弱いものが弱いままで生きられる社会、ことばで問題を解決できる社会の実現を妨げているのは、暴力の味をしめた「男社会」なのだ。そしてその男にしあわせをゆだねている女たちなのだ。

一人で立つ、ということは、恋愛のパートナーに対しても、夫に対しても、国家に対しても必要なことだ。

「結婚なんかしちゃいけないよ」は、「国家がしあわせをくれるなんて信じちゃいけないよ。甘いことばに惑わされるなよ」と言っていたようにも感じた。

金さんは、日本の司法と対等に向きあうことで、多くの後輩の人生を豊かなものにしてくれた。対等に生きること、対等に向きあうことは、自分のためだけではないのだ。

母の気持ち　子どもの気持ち

アメリカ留学から戻って心に決めたことの一つが、母との時間を意識的に作ろう、ということだった。

そのため、自宅で仕事ができるように家を改装し、自慢だった手づくりのテーブルは取りはらって掘りごたつに変えた。

残り少ない母の人生を思うと、今、できることをすべてしてあげたいと思ったからだ。

思えば、日本中を走りまわる仕事のせいで、母には生活費を渡すだけで、日常のなかでいっしょに散歩をしたり、ご飯を食べたり、遊びにいくといった機会はほとんどなかった。

貧しさで苦労をした母が、少しでも哀しい思いをしないですむようにと、一円でも多く稼ごうと思い、馬車馬のように働いた。そして、母が朝鮮人として差別的な扱いを受けることがないようにあらゆる差別と向きあっていたら、気がつけば毎日どこかで差別と闘っている日々となっていた。

抗議集会や記者会見、デモなどで、母といっしょに食事をする時間もなくなっていた。まるで団塊世代のサラリーマンのごとく、気がついたら家族と身も心も離れていたのだ。

こりゃいかんと思いたち、東京からほとんど出たことのない母を、これからはあちこち連れていってあげようとしていたら、運よくカタログハウスから対談の仕事がきた。

カタログハウスは、通信販売の枠を超えていいものを選び、またその理由をていねいに説明し、モノを大事にすること、環境を守ることから反戦平和までを語る、おもしろい会社である。そこには「もったいない課」があり、一度買ったものをリサイクルするシステムもある。商品に対する思いが感じられて、わが家でもけっこう購入していた。

その本社での仕事の合間に、母が会社の地下にある店で、気にいった靴を見つけた。

「私にぴったりなの」

母がそう言うときは、めったにそういうものと出あわないから買ってね、という意味である。

対談終了後、打ちあげまでの合間に店に行くと、母はバタバタと靴売り場のコーナーに行き、通路で歩いている人もいるのに、その場で靴をはきはじめた。

「危ないから、横のイスに座りましょう」とうながすが、母は靴しか見ていない。その姿は、バタバタ、オタオタとして、一見、こっけいでもあった。

そういえば、兄は母を見るたびに、「お袋はどうしていつもああせわしないんだ?」と言っていた。いつもではないが、時折、周囲が見えなくなってしまう。

帰りぎわ、「あんなにあわてなくてもよかったんだよ、こんどからゆっくり買いものをしようね」と語りかけると、「うん、でも、あなたの打ちあげがあるというから、早くすませて(打ちあげ会場に)帰らないと、って思ったの」と母は言った。

えっ、と思った。ああそうか。母は私のために急ごうと思って、みっともないほどバタバタしていたのだ。

母は、思いをいつもうまく語れない。

何かあっても、一〇年ぐらい経ってから「あのとき……」と語ることが多くて、どうしてそのとき言わなかったの、と怒りがわいてくることがしばしばだった。

しかし、思えばそうしたとき、母に「どうしたの？」とか「大丈夫？」などと、ゆっくりたずねたことは一度もなかった。おそらく、あわただしく仕事をしている私の姿を見て、母は何も語れなかったのだろう。

長い間音信不通だった弟が、再会後、「まえにおふくろにキムチを作ってくれと言ったことがあるが、そのとき、おふくろはカネくれって言ったんだよ」と、少し落胆気味に語った。弟には、息子のために喜んでキムチを作ってくれる母親像があったのだろう。しかし、弟には、キムチを作る白菜を買うお金もないほど困窮していた母の状態を想像できていない。子どもにお金を要求しなければならなかった母のつらさを思った。

母はかつて親戚から、「よっちゃん（弟）が（祖母の家にある）仏壇から金を盗んだ」と問いつめられたことがある。わが家が貧しかったせいで犯人扱いされたのだ。そのとき母は、「あの子は決してやっていない」と言いつづけた。

先日弟に「お前がやったのか？」と訊ねると「ぜったいやっていない」と言った。弟は、母がそのことで侮蔑され、詰問されつづけたことを知らない。母もまた、一度としてそれを弟に言わなかった。

母のさまざまな思いを、子どもたちはあまりにも知らなすぎる。それは私も同じだ。

Ⅳ

闘う相手は誰？

それでもありがとうか……

かつて、ザ・ドリフターズのいかりや長介さんが、食事時に声をかけてきたファンに「失礼だ」と怒ったことがあった。

ファンにとってはブラウン管で知っている人であっても、いかりやさんにとっては赤の他人である。しかも、サイン会でもなければ撮影所でもない。

プライベートな空間で、しかも食事時に他人が声をかけてきたら不愉快になるのはあたりまえだ。だのに、相手が芸能人であったり、著名人であったりするとそれは許される。しかし、そういうことをする人たちでも、政治家や経済人に対してはやらない。侮辱していい相手というのがあるのだろうと思う。

先日、三年ぶりの休日を自分のためにとった。

知人のコンサートに出かけたら、座っていた席で声をかけられた。

「あなたが昨年発言したときの……」と始まり、そのときのコメントがよくないと抗議をしてきたのである。

知らない相手である。一年以上もまえのことで、どこのどういう状況で話したのかも思いだせなかった。

しかし、彼女は話しつづけた。

「在日の人も、沖縄の人もちゃんと入れてやってきたのです」

理解できただけの話を要約すると、「在日の戦後補償に関する話の中で、ハンセン病訴訟の勝訴判決から朝鮮と沖縄が外されたという表現を（私が）したが、自分たちは運動で一生懸命やってきたのにそういう言い方はひどい」ということだった。

「政府のやり方について語ったことでしょ」と言うと、「そういうふうには取れなかった。言い方を変えてほしい」「少ない支援者でここまでがんばってきたんです」と言う。

めまいがした。彼女は私に何をほめてほしかったのだろうか？

ハンセン病訴訟とは、すでに隔離する必要のない病気であることが明らかになっていたにもかかわらず、患者を隔離し、断種まで行い、その人権を著しく侵害してきた問題に対する訴訟である。この裁判で問われたのは、まさに優生思想だった。

画期的といわれた判決は、沖縄を補償の対象から外していた。沖縄は日本の領土ではない時期があったから同じようには扱えないという。では、かつて日本の領土であった朝鮮半島や台湾は入るのかといえば、それも外された。

結局、沖縄は補償金額に差をつけて受けいれ、旧植民地は外したまま和解となった。つまり、日本人（と一部の在日）だけその命を守るという、新しい形の優生思想が始まったのだ。

多くの人たちはそこに気がつかなかった。本来ならば、その問題点に日本人自ら気がつくべきではないのだろうか？

なのに、運動の中に「入れてやってきた」と、悪気もなく表現する。そこに差別意識はないだろうか。

人権は恩恵ではない。しかし、排除された側がノーを突きつけると、今度は、感謝が足りない、言い方が悪いという非難が始まる。

「私たちはここまでがんばったのに」

その裏には、やってやっているのに文句ばかり言うな、という視線がないだろうか。

そんなことを感じながら、ぼんやりと不愉快な気分でコンサート会場を後にした。

ふと、ある子どものことばが、頭に浮かんだ。

私の友人が、忙しい中、風呂場で娘の背中をごしごし流していたら、その子が、「いたーい。おかん、いたい、やめて。もっとやさしくして」と言った。母である彼女は思わず、「うるさい、やってもらっているのに文句を言うんじゃない」と叱った。すると娘は、「おかん、やってもらったら痛いと言うたらあかんの?」と聞いてきた。

友人は何も言いかえせず、「そうやなあ」と娘に謝った。

やってもらったら「ありがとう」と言え、というのは、弱者を侮辱する教えである。その神話がすみずみまで行きわたっている。

わかってるよ

朝のラッシュ時、羽田空港に向かう混んだ電車に飛び乗ると、ぽっかり空いている空間があった。七人がけの席に座っていたのは二人だけ。そこを遠巻きに人々が囲んでいる。座っていたのは、理解をするのに時間のかかる個性をもった一人の若者だった。からだの大きな彼は、大股開きで座席を占拠しながら、「ぼにゅー（母乳）」「ちぶさ（乳房）」「おっぱい」「おちち」などと連呼していた。

誰も近寄らない。どう対処していいのかわからないのと恐怖心が入りまじって、関わりたくないという空気が流れていた。

私は、彼のそばに座った。

「ねぇ、ちょっと詰めてくれない。でないとみんなが座れないでしょ」と言うと、はいと言って、彼はからだを少しちいさくした。

「それに、足をそんなに投げだしたらほかの人に当たっちゃうでしょ。だいたいさぁ、そうやって大股開いて座っている男の人って、たいした中身もないのに、オレは偉いんだあ、と言いたい奴が多いのよね。そういう座り方って、腐った男がよくやるのよ。どんなにみっともないか自覚することもできない男の特徴なのよ。あなた、そんな男になりたいの？」と、周囲に聞こえるように大きな声で話しはじめた。

「ああ」「ほら、ここまで縮めるのよ」

彼は、足を右にやったり左にやったりしながら、少しずつ縮めはじめた。そして、「ぼにゅうって知ってる?」と話しかけてきた。「ぼにゅうは、やわらかい……。ぼにゅうは、赤ちゃんがこうやって吸う。おっぱいっていうんだよ。おっぱい、おっぱい」と言いながら、手をモミモミして表現した。

「そうね、確かにおっぱいはやわらかいわね。でもね、そういうことばを電車の中で言うのはよくないよ。ドキッとしちゃうでしょ」「ダメ?」「うん。それって、セクハラっていうんだよ。そういうことを頭の中で考えている男の人はいるよ。でも、知らない人がたくさんいるところでは口に出して言わないの。そういうのって、気心がしれた人との会話でしょ? それを会社の中とか宴会の席とかで話のネタにしたりする男の人って、空気が読めないだけじゃなくて、能力がないのよ。だからそうやって男の連帯感を求めてスケベな話をするの。知識も話題もない男がすることなのよ。でもね、よーくおぼえておいてね。それってサイテーなの。あなた、そういう男になりたいの？」

電車の中では、ほぼすべての人が聞き耳を立てている。女性たちはくすっと笑いはじめたが、男性たちはぴくりともせず同じ姿勢を続けていた。

「ねぇ、私はスゴっていうんだけど、あなたのお名前は？」「××」

「××さんね。よろしくね」。彼は、ニコニコ笑って、私の肩に寄りかかってきた。そして、私のからだとおっぱいを触りはじめた。「ちょっと！　それはね、チカンていうのよ。人のからだは相手の了解もなく触っちゃいけないの。あなたのからだも、誰かが勝手に触ってはいけないの。わかる？」

すると、彼は手を止めた。そして、何もなかったようにうたを歌いはじめた。

「ねぇ、まずいなあと思ったんでしょ。とぼけちゃダメよ。わかってるんだからね。そういうのってチカン男の特徴なのよ。現行犯逮捕されても、オレはやってないと主張する男たち。これって、相手を劣ったものとして見ているからできるのよ。サイテーでしょ。腐った男ってどこまでも腐っていて、武士道もへったくれもないのよ。チカンは犯罪よ。前科がつくのよ。あなた、そういう腐った男になりたいの？　謝りなさい！」「ああ」

あちこちで、くすくすという笑い声が聞こえはじめた。肩を抑えて笑いをこらえている年配の女性もいる。

「△△△で働いてる」と、彼は勤め先を私に告げて電車を降りた。そのあと私の隣に座った女性は、「あなた、偉いわねぇ。こわくありませんでしたか？」と聞いてきた。「一番こわいと思って生きているのは、彼ですよ」

理解するのに時間のかかる私の友人たちの多くは、子どものフリをすることできつい社会をなんとか生きのびている。社会は、彼らに話しかけても理解しないと思っているから、高齢になっても子ども扱いだ。どうして彼らが理解できないと思うのだろうか？　彼はわかっている。

彼を見て、長い通勤の間、話しかけてくれる人も、教えてくれる人も少なかったのだろうと思った。放置され、無視されてきた状況がよくわかる。孤立という絶望が彼のことばを暴走させたのだと、私は思っている。

生きて罪を償うこと

一九歳になるその若者は、夜尿症で、神経質で、仕事は長つづきせず、友だちといえるのは自分の車、中古のクラウンだけだった。暴走族のようにかっこよく走ることも突っぱることもできず、その周辺でたむろしてはいきがっていただけ。

一週間まえに知りあったばかりの遊びなかま五人と金欲しさにカ

ップルを襲い、連れまわして暴行、強姦を繰りかえしたあげく、首を絞めて殺してしまった。

裁判所の記録では、どの若者も「殺すことはぜんぜん怖くなかった。殺すなと言うことのほうが怖かった。殺すなと言ったら、みんなから相手にされなくなるから」と語っていた。

一審で死刑が求刑された。彼は、裁判そのものもどうでもよくなった。母親には、「先に死ぬから」とも語った。

殺人を犯した者の多くには、殺したことに対する罪の実感がない。同時に、自分の命への実感も欠如している。

日本の死刑は絞首刑である。吊《つ》るされると、まず自分の体重で首の筋が切れ、軟骨が折れる。そのため、口から泡と血と舌が出てくる。からだのあちこちがプルプルと不規則な動きを見せる。その姿はまるで踊っているようだという。最後は、足がカタカタと鳴り、弓なりになって死亡する。死刑執行は、当日の朝になって初めて知らされる。彼らは、いつくるかもわからない死と隣りあわせで収監されているのだ。

二審が始まった。投げやりな当事者と、さっさと処理したい検察官の間で、弁護士がどなった。「(死刑という) 人一人の命がかかっているんだ!」

そのことばに、青年はハッとした。自分の命を、自分以上に思ってくれている人がいることを知ったのだ。

長い裁判の結果、二審で死刑から無期懲役に減刑された。そのニュースは死刑囚のいる房にもラジオで流された。拍手が起きた。死刑囚はこまかい規則に縛られていて、決められた行動以外は許されない。拍手などすれば懲罰房に入れられる。しかし、拍手は鳴りやまなかったという。そのことを、移送される車の中で、青年は聞かされた。生きて罪を償ってくれ、という思いがこめられた生還への拍手だった。このとき拍手をした人たちは、すでに全員が刑を執行されている。生きている者はいない。

青年は、生きて被害者への謝罪をしつづけることを心に決めた。できることといえば、刑務所内で働いた賃金を送ること。しかし通信の許可はなかなか下りなかった。遺族は極刑を望んでいたからだ。数年が経って、ようやく手紙が許可され、青年は労賃を送りはじめた。

刑務所での労賃は、一日働いて約三五円、一か月で九〇〇円程度にしかならない。それでもそれをせっせと貯めては、詫び状とともに送金しつづけた。

数年後、遺族の父親から手紙がくるようになった。「寒い日が続いていますが、風邪を引かぬようがんばってください。あなたからのお金は前回同様、仏前に供えました」「……時折、刑務所内の放送を見ることがあります。大変だと思いますが、罪は罪としてそれに向かって、立派に更生してくれることを願っています。寒さに向かいますが、くれぐれも身体に気をつけてください」

青年は、「私が生きているのが、本当に申し訳なく思います」と弁護士への手紙で語っている。

被害者のことを思いつづけ、人間としての心を取りもどすことこそが謝罪なのだと思えてならない。そして、この遺族の父親からは、人間の寛容さという無限の可能性を感じる。どれほどの苦しみを経て、ここまでたどりついたのだろうか。

カップルを殺したその青年は、今、山口県光市母子殺害事件の加害者と文通を始めた。女性とその子どもを殺害したこの痛ましい事件は、犯人の生育歴を抜きには語れない。父親のすさまじい暴力の結果、母親は自殺し、彼は一二歳で精神状態が止まったままなのだ。その彼が、たどたどしいことばではあるが、自らの思いを語りはじめたきっかけの一つがこの文通だった。

多くの人が極刑を望むなか、司法がその空気に便乗して殺す（死刑にする）ことは簡単だ。しかし、事件がなぜ起きたのかという検証もなしに犯人を「始末」したところで、再発防止にはつながらない。私は、あらゆる犯罪は社会が生みだしているのだと思う。私たちの社会を変えないかぎり、被害は続く。

生きるための切符を受けとった彼が、刑務所の中から、光市母子殺害事件の本当の闇を明らかにしようとしてくれているように感じられてならない。

光市母子殺害事件場外乱闘

光市母子殺害事件で、加害者の青年に「死刑」判決が下りた。なんの落ち度もない母と子が侵入してきた男に殺され、しかも母親は死姦されたという、吐き気を催す事件だった。殺した少年は当時一八歳と一か月。彼は父親による壮絶な暴力の被害者でもあった。一審、二審と無期懲役の判決のあと、差し戻されて死刑がくだされた。裁判長は、加害者に反省が見られず、死刑を免れようと詭弁《きべん》を使ったと述べた。

この裁判長は、エリートの世界のなかだけで生きてきたのだろう。彼には、暴力によって破壊しつくされた者がどうなってしまうのかという想像力がまったくないのだと感じた。

世間一般でいう「常識」というルールは、そのルールを獲得できる環境にいて初めて意味をなすものだ。そのうえ、事件後拘留され、「生活」から隔離されてきた加害者には、新たな感情を獲得できるチャンスはほとんどない。おかしなことばを吐きだしたのは、やっと、自分のしたことを自分のことばで整理しはじめた状況だったからではないのか。

判決のニュースを見ていた兄は、「お前、自分の家族がやられてみろよ。当事者の気持ちになってみたら死刑はあたりまえだ」と言った。しかし、当事者は二方向にいる。「被害者」と「加害者」である。

「兄貴は、自分の息子が加害者になっても同じことを言えるのか?」とたずねると、「おれの家族はそんなことはしない!」とどなった。

被害者にも加害者にもならずにすんだ私たちは、どちらかに加担するのではなく、なぜこんな悲劇が起きたのか、どうすれば再発を防止できるのかを考えなければならないのではないか、と問うと、兄は、「そんなの政治家の仕事だ」と言う。

「そういう政治家をどうやって選ぶの?」「選挙だろ」「だって兄貴、私たちには選挙権がないんだよ」と言うと、兄は、「お前は人の話を聞かない!」とどなり、最後は私の顔を見て「死ね!」と言って部屋を出ていった。

「死ね」かぁ……。おそらく「死刑」を叫ぶ人たちは、兄と同じように加害者の青年に向かってこのことばを吐きかけたのだろう。

選挙権すら奪われている自らの立場も忘れ、テレビの受け売りをそのまま口にする兄に、「日本人」になりきってしまっていることの自覚はなかった。

兄だって、マイノリティの少なからぬ者が、どうしようもなく犯罪に絡めとられていく現実を目のあたりにしているのに、今流行の「自己責任」ということばに捕われて思考を停止してしまう。「法律で決まっているから」とか「命で償うべきだから」と片づけるのではなく、どんな状況でも、人を「殺す」ということに鈍感になってはいけない、と私は思う。

この裁判で、弁護団の最終意見陳述書には、次のように書かれていた。

「(略) 私たちはこの裁判で、被告人が何をやったのかを明らかにしてきました。

そしてまた私たちは、彼のパーソナリティ、つまり彼がどのように生きてきたか、そしてどのように生かされてきたかを、明らかにしてきました。しかし、残された課題があります。それは、彼が今後どう生きていくかという問題です。（略）

被告人は、幼いころから父親の激しい暴力にさらされ、一二歳で母親を自殺という不幸なことで失い、一八歳一か月で事件を犯して以降、八年間あまりの間、山口刑務所と広島拘置所の独居房で拘禁されてきました。

その間に、祖母を失い、弟は行方知れずとなりました。父親の面会はわずかに五回、彼はずっと孤独の中で放置されてきたのです。結局、被告人が社会人として生活したのはわずかに一四日間でした。

この間、誰も、被告人に生きることの大切さを、言いかえれば生命の大切さを教えてきませんでした。生命の大切さは、人が人として扱われ、その人の生命が大切にされて初めてわかることです。しかし、被告人には、そのようなものは、いっさいありませんでした。

このような孤独ななかで、被告人を支えたのは、ただ一人、プロテスタントの牧師である教誨師《きょうかいし》でした。（略）このような状態のなかで、残された課題はただ一つ。彼は、今後どうやって生きていけばいいのか。

私たち弁護人は、裁判所に求めます。

彼に生きる道しるべを指ししめす判決を強く求めます」

しかし、判決は「死刑」だった。

被害者遺族は、被害者、加害者を含め、その命が無駄にならないようにと再発防止を強く訴えた。

きょうも兄の声が耳にこびりついて離れない。「死ね」の合唱は、再発防止につながるのだろうか……。

宅間死刑囚の処刑

宅間守死刑囚の処刑を知って、国家が冷静に人を殺す「死刑」という制度が、これほどみごとに敗北したことはないだろうと思った。

宅間死刑囚は、教育校といわれる兵庫の小学校に入りこみ、逃げ惑う子どもたちを無差別に殺しつづけた。

逮捕後、彼は、「裕福な家に生まれて親に愛され、エリート教育を受けはじめたお前たちだって、こんなどうしようもないオッサンに数秒のうちに殺される」と語ったという。

彼は、「ざまぁ見やがれ！　お前らのようなエライさんなら、オレをすぐ消してみろよ！　お前たちの大事な子どもを助けてみろよ、やってみろよ！」と、世間に挑戦したのだろう。そして、オレを早く死刑にしろと訴えつづけた。

彼がどのような経緯でそう思うようになったのかは知るよしもないが、はっきりしていることは、彼の行為はテロであり、階級を意識した行為であり、自らの「死」をいとわなかったということだ。

そして、彼のような「死の選択」の前では、死刑という国家の合法的恫喝《どうかつ》手段はなんの効果ももちえず、今後も国家はこのような状況に対して無力であることが白日の下にさらされた、というのが今回の処刑の結末だった。

宅間死刑囚を殺すことを急いだ日本政府の姿は、まるで道化だった。

それは、ブッシュのアメリカが殿様気分で一国行動主義を宣言し、世界に対してわがもの顔に振る舞いだした途端、テロという、従来の国家間の安全保障理論が想定しなかった、とんでもない反撃に直面してあたふたしたのと、うり二つだった。宅間死刑囚による無差別殺戮は、「治安」と「安全」を売りものにしてきた日本社会の安全保障を根底からゆさぶったのだから。

死刑執行で問題は解決したのだろうか。殺されることを自ら望むような、ある種病的な自損傾向のある人物に国家が与える「死」に、どのような意味があるのだろうか。

国家の法に関わったエリートたちは、自分の頭でちゃんと考えたのだろうか？　形式と判例にのっとって、本質的な議論を抜きにしたまま、秩序維持、もしくは見せしめのために刑は執行されてしまったのではないか。

なんとグロテスクな幕引きだろうか。

私が「死刑」に対して疑問をもつのは、死刑が非文化的だとか前近代的だとかという進歩主義的な理由からではなく、今日の「死刑」が実はきわめて近代的な制度であり、そのため、近代の枠組みを超える犯罪や「悪意」を阻止したり、その償いをさせたりすることが到底できないからである。

もし、私の子どもが、長崎の女児殺害事件のように同級生に殺されたら……。私は、その同級生の母親を殺して加害者に同じ思いを味わわせてやりたい。しかし、その行為はリンチであって、あまりにも非現実的だ。

ならば、自分のやった行為を終生振りかえらせ、反省させることこそが、同じ過ちを繰りかえさせないことであり、それを社会が学ぶことが、殺された子どもへのせめてもの弔いではないだろうか。

今、被害者でもなく加害者でもない私がすべきことは、加害者を特定し、加害者に罪を認めさせ、被害者を救済し、再発防止をすることだ。しかし、今回の処刑では、現行犯で加害者が特定できたこと以外何一つ成し遂げられず、国家という代理人による感情的な見せしめで終わってしまった。

ここ数日、メディアに出てくる大衆のコメントを聞いていると、悪いことをしたのだから殺されて当然、悪い奴らを全部殺せば世の中はよくなる、といった空気が少なからずあるように感じられる。

仮に悪い奴らを全部殺して世の中をよくしようとしても、悪い奴らが生みだされるしくみは何も変わっていないのだから、突然、誰かに何の理由もなく殺されるかもしれないという不安は一向に解消されない。

つまり、悪い奴らを殺しても問題は解決しないということを、多くの人々は心の底ではわかっている。だからこそ、ヒステリックに処刑を支持しているのだろう。

その姿は、本当はテロを解決できないことがわかっているのに、とにかくイラクに侵攻しなければおさまらなかったブッシュの心理とよく似ている。

私たちは、理性を取りもどし、そして本当の意味での人間の社会を作りあげていくにはどうしたらいいのかを真摯に考えるべきときにきているのではないだろうか？

「死刑」は、人を人と思わなくなった社会の象徴であり、それを維持しつづける社会に、命を大切にするという基本は根づかない。テロに勝つための国家テロがいかに何も産まないかを、私たちは歴史から学んできたはずだ。

私は、人間として生き抜きたい。だからこそ、「死刑」に反対する。

力のあるものは美しく生きられるのだなあ、と思うことが多い。

テレビを見ていたら、小泉内閣のブレーンで経済界の重鎮の一人が、日本人に欠けているものは「金以外の価値です」「お金ではなく心です」と語っていた。

世界のトップ企業の経営者でもある彼は、株主総会でも、同じこ

善人と悪人

とを言うだろうか。

思えば、さんざん大儲《おおもう》けした人にかぎって、「心」だの「清貧の美しさ」だのを説くことが少なくない。そのことばの後ろには、お前たちは文句を言わずに現状に満足しなさい、という本音が見えかくれしている。

収奪された貧しい者が、自ら尊厳をもって美しく生きるということと、搾取している側が美しく生きろと言うのとでは、天と地ほどに意味が違う。

おそらく、一六八倍という所得格差も、シングルマザー家庭の平均年収が二二五万円というのも、生活苦のために高校を断念した子どものことや、栄養失調が疑われる児童に校長がこっそり牛乳を飲ませていたことも、ニュースとなって目には映っても、彼らの意識のなかには記憶されないのだろう。

しかし、そういう人ほど美しく「善人」そうに見えるのだ。上品な着こなしやスマートな語り口、激することもない穏やかなコミュニケーション力。余裕あるそのしぐさの一つひとつが、「立派な人」を演出する。

誰だって、親から潤沢な資金力と有形無形の遺産を受けつぎ、学費の心配などなく学べる環境に育ち、明日のメシの心配も、失業の心配もしないでいい生活をしていれば、品良く善人らしくもなるだろう。

そして、抑圧されている者への想像力が欠落した「善人」の行きつく先は、マリー・アントワネットが言ったとされる、「パンがなければお菓子を食べればいい」という、あのコメントだろう。

そういえば、ダイアナ妃が生前、プライベートフィルムの中で、どうして福祉の活動をなさるのですかとの質問に、「だって、やることがなくてヒマだから」と答えていた。

正直な答えである。彼女は善人の象徴だった。

かつてイギリスは世界中に植民地を広げ、そこから収奪した富によって王室は莫大な財をなした。

その王族が、収奪した富のほんの一部を最貧国の医療に施すことで「善人」とあがめられる。

施される側の貧しさが映しだされるとき、ことばにはならない感情がわいてくる。

たとえば、夫にめちゃくちゃに殴られつづけた妻が精神的におかしくなると、殴った夫が、「あんな奥さんでかわいそう」と、周囲からいい人のように見られる。その構造と同じなのだ。

誰だって、金に執着する品のない生き方などしたくない。

できれば美しく余裕をもって生きたいし、「ありがとう」と感謝される人になりたい。

しかし、弱肉強食の競争社会のなかで、あらゆる人間的な営みを奪われているからそれができないのだ。

もし、これはいやだと声をあげようものなら、「しかたがない」「そういう時代だ」と切りすてられ、果ては「努力が足りない」「わがままだ」「人間ができていない」などとなじられる。

貧しいところでは、弱者同士の間でさらなる差別と暴力が再生産される。

何重にも重なる理不尽や不正義に蝕まれたものの顔は苦渋に満ちて険しい。苦難に打ちかとうと強い者に挑めば挑むほど、夜叉《やしゃ》のようにもなる。

その形相はまさに「悪人」面《づら》なのだ。つらく苦しいなかでもがけば、険しい形相にならざるをえない。

本当の悪党が「善人」面をし、あがいて生きているものが「悪人」のように映しだされる。

貧しい者がそこから抜けだそうとあがけばあがくほど、「善人」とはほど遠いところに置かれるのだ。

私は、悪人が好きだ。最後まで悪人でありたいと強く思う。

その手に乗ってはいけない

人権関係の講演会場では、さまざまな差別と闘っている人たちと出会うことがある。うれしい出会いもあれば、不愉快なものもある。不愉快な出会いになってしまうのは、一生懸命取りくんでいる人にかぎって、他者の価値観やプライオリティ（優先順位）を否定する場合が少なくないからだ。

それほど追いつめられているということでもあるのだろう。

先だって、講演終了後、一人の女性がチラシを持ってきた。そして、「辛さんはあらゆる差別について語っているけれど、非嫡出子についてはふれなかった。辛さんでもそうなんだって、がっかりしたわ」と、挑発的とも取れる勢いでその感情をぶつけてきた。そして、読めと言わんばかりにチラシを私に突きつけた。

そういう場合、私は、「すべてのことに回答をもっているわけではありません。今も多くのことを学んでいます」と答えることにしている。

非嫡出子とは婚姻外で生まれた子のことで、差別語で言うところの「私生児」である。

国家による性管理制度である婚姻から外れた行為の結果だとして、非嫡出子は一貫して社会的・制度的差別を受け、その存在を無視されてきた。平等な権利を求める運動ですら、長い間、多くの人の理解を得るのは困難だった。

では、彼女は、在日の多くが法的にも社会的にも「私生児」とされ、差別的な扱いを受けてきたことを知っているだろうか。

私が戸籍を整理できたのは二七歳のときで、それまで、私や私の兄弟姉妹は法的には「私生児」だった。

また、国際結婚では子は父親の国籍を継承するものとされていたため、日本国籍の女性と在日男性との間の子どもは、母方の国籍を得るために、「私生児」とされることが多かった。

彼女は、かつて「私生児」だった私に向かって、あなたには私生児差別なんかわからないのよね、と言ってきたも同然だった。

在日一世の男性のなかには、植民地支配の重圧のなか、妻子を食べさせるために単身海を渡ってきた者も少なくない。しかし、朝鮮半島をローラーのように往復した朝鮮戦争によって家族との連絡がとだえ、日本で新たな家庭を作った者もいる。国交回復後、夫を探して韓国からやってきた妻が見たのは、在日や日本人の妻と暮らしている夫の姿だった。

二人の妻の同居。そこに民族差別、貧困、そして法的な差別が折りかさなり、悲劇は想像を絶するものとなった。

女たちは就労も、学ぶことも許されず、男たちの多くは日本社会から貶《おとし》められた民族的優越心を保つために、妻を支配し、暴力を振るった。

そして、日本生まれの子どもたちからの反発。「どうして私が朝鮮人なの?」「どうしてお母さんが二人いるの?」「どうして私は私生児なの?」と。

もし私が、他者から見て強く見えるとしたら、それはそのような境遇で慟哭《どうこく》の涙を流してきた人たちとともに生きてきたからだと言える。その涙が差別と闘う今の私を支えている。

憲法の枠から「外国人」という理由で排除され、基本的人権すら守られていない私が人間性を回復するには、非嫡出子の問題だけではすまない。私にとって、それは問題の一部でしかない。

しかし、私が彼女に、「そういうあなたは、なぜ在日差別の問題を口にしないのですか」と言いかえしたとして、それで何が解決しただろうか？

それは手を取りあうためのことばではない。私と彼女では、差別と闘うためのプロセスが違うだけなのだ。

かつて、「あなたはチョウセンジンだからまだいいわよ。うちなんか、お父さんが精神病なんだから」と言ってこちらをにらんだ女性がいた。

心の病をケアできない社会はおかしい。

心の病は恥でもなんでもない。おかしいのは差別する社会のほうなのだ。同時に、朝鮮人だという理由で排除されるのもおかしい。そういうことなのではないか。

支えあうべき人と、闘うべき相手を取りちがえている。しかし、そうやって手を取りあうことができない状態にもっていくのが、支配する側の戦略なのだ。

その手に乗ってはいけない。

V

自分の頭で考えよう！

違和感

今年（二〇〇七年）の一月、映画『あなたを忘れない』の試写会があった。

これは、二〇〇一年に、東京・山手線新大久保駅で線路に転落した酔客を助けようとして二人の男性が飛び降り、結局、三人とも列車に巻きこまれて死亡した事件を題材にして作られた映画だ。

この試写会のようすを、スポニチは以下のように伝えた。

＊

「両陛下が映画ラストシーンに涙」

ＪＲ新大久保駅（東京都）で01年、ホームから転落した人を助けようとして電車にはねられ死亡した韓国人留学生・李秀賢さん＝（当時26）＝を題材にした日韓合作映画「あなたを忘れない」の試写会が26日に都内で開かれ、天皇、皇后両陛下が李さんの両親らとともに鑑賞された。主人公が死亡するラストシーンでは両陛下も目頭を押さえた。

李さんの両親は事故後の01年11月、警察官らの殉職者慰霊祭に参列するため来日。その際、皇居を見学すると、皇后さまが偶然通り掛かり「残念なことになってしまいましたね」と２人の手を握ってなぐさめたという。

試写会後に両陛下と懇談した花堂純次監督によると、両陛下は「日韓の橋渡しの良いスタートになることを願っています」と激励。皇后さまも「子を失った母親の悲しみは、本人しか分からないほどつらいでしょう。思いが皆さんに伝わればよいですね」と語りかけたという。［2007年1月27日付　紙面記事］

＊

私は、マスコミをはじめとして、この事故に関するすべての人の言動に一貫して違和感を感じてきた。

この事故で一番の英雄にされたのは、韓国からの留学生だった。ちょうど日韓関係がギクシャクしていた時期だったため、留学生のお通夜には、政府与党の政治家らが名を連ねた。

しかし、いっしょに飛びおりた日本人カメラマンのところには彼らは行かなかった。

その男性は、母と二人暮らしだった。当時七六歳の母は、「事故のことも息子の名も、じきに忘れられていくでしょう。あとは私が耐えていけばいいのです」と語った。そして、事故現場には一生行くつもりはないと語った。

ここには、政治的に利用できるものとできないものとの、命の格差がある。

そして、転落した酔客への罵倒《ばとう》はすさまじいものだった。

酔客の父親は、二人の遺影の前にひれ伏して、「息子のことは、どうでもいいのです。お二人の将来をだめにしてしまったことが申し訳なくて……」と詫びつづけた。

転落した男性は当時三七歳。岩手県の漁村で生まれ、将来は「父ちゃんと同じ漁師になる」と語っていた。

しかし彼が中学生のとき、兄が釧路沖で遭難して死亡。その二年後、泣き暮らしていた母が亡くなる。

一家は失意のどん底に落とされ、彼は職業訓練校に行き、左官の技術を学んで東京に出た。

その彼が、駅の売店で酒を買い、ベンチで飲み、また売店で酒を買い、を繰りかえして、そして線路に落ちた。

きっと、酒場で飲む金もなかったのだろう。友だちもいなかったのだろう。バブルがはじけて仕事もなかったのだろう……。絶望の果ての泥酔だったのではないだろうか。

亡くなった命は三つ。それなのにその扱いは、利用価値によってはっきりと分けられていた。

韓国人留学生の悲劇を美談に仕立て、子を失った母の悲しみを語るまえに、あの二人が命をかけて守ろうとした「酔客」への思いが欠落していることに気がついてほしい。

命を投げだすことが美しいのではない。

大切なのは、自分の命も守りながら他の命をいかにして救うかを考えることではないのか？

人間は、生きることが、たとえブタになっても生き抜くことが美しいのだ。

特攻隊精神のような美談話は、当事者を愚弄《ぐろう》するものでしかない。そして、あの酔客のように絶望しなければならないこの社会に対して、ノーと言わなくてはならないのだ。

何が報道されていないか

高校生の娘が父親を斧で殺害した事件がセンセーショナルに報道された。返り血が目だたないよう黒い服に着がえ、殺害したあとも動じることなく、決意の果ての犯行であったことがうかがえた。

警察発表によると、娘は「父親の女性関係」がいやだったという。捜査官には殺すまでの理由がわからず、報道のなかには、娘が「特別な性格」であるかのような表現をするものもあった。

ふと、この報道に、ある事件の記憶が呼び覚まされた。ずいぶん昔の話で、こまかい部分は記憶があいまいだが、大まかに言うとこんな話だった。

ある女子高生が、家出したあげく、電話異性紹介で知りあった公務員に殺害された。殺したのが公務員だったため社会的関心を呼び、ワイドショーでは女子高生の父親がつらい思いを語っていた。そして、もう少し家で娘に注意し、家から出さねばよかった、犯人が許せない、と涙ながらに訴えていたのだ。

その報道を見て、私はのけぞった。

その女子高生は、事件が起きるまえから民間のサポートセンターに助けを求めていたからだ。

彼女に関わった人たちの話によると、彼女は長期にわたる父親の性的虐待のせいで精神状態のバランスをくずし、周囲にも相談できずにいた。

そんな苦しみを抱えこんだままでは、他者との安定した人間関係を築くのはむずかしい。経済力のない娘は、家から出ることもままならず、かといって、家にいればたえず父親からのレイプに怯《おび》えなければならなかった。

かろうじて彼女にできたのは、「プチ家出」と称する、夜だけ家を出る行為だった。そして家を出た彼女が時間を過ごせるのは、性的な会話を楽しむ電話の受け手としての「場」だったり、二四時間営業のレストランだったり、その日その日の寝る場を与えてくれる「よその人」の部屋だったのだ。

保護されて、いいNPOの関係者に出あえたことで、虐待の状況が少しずつ明らかになり、そして、彼女の傷ついた心とからだを受けとめ、安全で安心できる環境をどうやって作るかと、関係者の間で話が進みだしたやさきのできごとだったのだ。

不良娘だから事件に巻きこまれたのではない。ことの本質は児童虐待にあった。しかし、テレビの父親は、何食わぬ顔で悲劇の父を演じていた。

児童への最も過酷な虐待である近親姦は、決して表に出ることはない。事件報道の多くは、報道できる内容に限定される。個人のプライバシーの問題や、社会的な意識の問題があるからだ。

虐待被害者が見る「家」は、刑務所と同じであり、奴隷収容所であり、怯えながら暮らす場所だった。

この事件は、報道からは見えないことがあるという、ごくあたりまえのことに、改めて気づかせてくれた。

今回の親殺し事件は、そのことをまた思いださせてくれたのだ。

メディアリテラシーというと、事実を見抜く力を養うことと思われがちだが、あるできごとがどのように報道されたかではなく、伝えられている情報から「何が落とされているのか」を考える力こそが大事なのではないだろうか。

この事件のあと、斧で殺す事件が続いた。仕事をしろと口うるさく言う母親を息子（五九歳）が斧で殺した事件など、殺害の形だけはみごとに継承している。

父親を殺した女子高生が、なぜそこまでの殺意をもったのか。「父親の女性関係」とはいったい何を指しているのか。彼女の心の中にあるものを理解する努力が、もう少しあってもいいはずだ。

何も、彼女が近親姦の被害者だろうと言っているのではない。「反社会的」とか「異常」といわれるあらゆる行動の後ろには、必ず理由があるのだ。その理由をしっかり突きとめることこそ、再発防止のための第一歩だと信じるからだ。

大阪・池田小学校の子どもたちを殺して自ら死刑を望んだ宅間守は、やはり父親の暴力の被害者だった。山口・光市母子殺害事件の加害者である青年も、壮絶な父の暴力の下で生きてきた。連続幼女殺害事件の宮崎勤も、父への怒りと、その父を制御できなかった母への憎しみで満ちていた。自分の子どもと近所の子どもをともに殺めた畠山鈴香もまた、厳格な父親の支配の下で生きていた。

ただ単に犯罪者を罰せよというだけでは、安全で、安心で、ともに生きられる社会は作れない。悲劇の裏にあるものを見抜く力が求められているのだ。

新五族協和としての多民族共生

フィリピン人の母と日本人の父の間に生まれた子どもが、生まれたあとに認知されたものの、両親が未入籍であることから日本国籍を認められなかった。

最高裁はそれを違憲として、子どもたちに日本国籍が認められた。訴えた子どもは、学校でもフィリピン人ということでいじめられていたという。

「日本国籍が取れてよかった」「私は日本人です」と語る少女を映し、無邪気に喜びの報道をするマスコミには違和感をおぼえる。日本国籍を取得したことで、その子が受けた差別の問題を相殺しているからだ。

日本の行政官たちは、日本国籍を取得しようとする在日に対して、「差別があるから」という理由で、国際社会から批判されても長い間日本名を強要してきた。つまり「日本人」に同化させることで問題の先送りを図ったのだ。

同じようにこの子が日本国籍を取得できても、それで差別がなくなるわけではない。問題が解決するのは、国籍条項による制度的差別が撤廃されるときだろう。

さて、最高裁判決に戻ろう。

かつて、日本国籍者と在日が結婚すると、日本国籍者が父親の場合は子どもも日本国籍が得られるのに、日本国籍者が母親だと、子どもは韓国籍か民族表記としての「朝鮮」とされ、外国人として扱われた。そのため日本国籍が欲しければ、母親の「私生児」として届けるしかなかった。

その後、両親のどちらかが日本国籍を保持していれば、子どもも日本国籍を得られるようになった(成年時にどちらかの国籍を選択)。にもかかわらず、両親が「婚姻届」を出していないという理由で国籍が認められないのは、明らかに異常だった。

今回、最高裁がそこにメスを入れたが、その異常さは、今なお在日六世までもが「外国人」として扱われ、いまだに日本国籍を与えられていないことにもつながっている。

日本で生まれ日本語しか話せない子どもたちが、国籍条項による排除により、税金は納めていても、すべての権利を奪われているのだ。

ちなみに、日本国憲法は、あらゆる権利を「国民」に与え、義務は「人々」に課している。この国で日本国籍がないということは、基本的人権を求める権利すらないということなのだ。

そんななか、驚くようなニュースを目にした。

自民党の「外国人材交流推進議員連盟」が、今後の人口減少社会におけるマイナス面を補い「国力」を伸ばすため、移民を大量に受けいれる必要があるとする提案を福田首相に出すというのだ。目標とする移民の数は総人口の約一割（一〇〇〇万人）。そして、今後五〇年ぐらいで「多民族共生国家」化をめざすのだという。新聞によると、「移民と共生する『移民国家』の理念などを定めた『移民法』の制定や『移民庁』の設置を提言。地方自治体に外国人住民基本台帳制度を導入し、在日外国人に行政サービスを提供しやすい態勢を整えることなども盛り込んだ」という。日本国籍取得も、原則「入国一〇年後」にするという。

かつて、この国は、「五族協和」と称して、「漢族」「満州」「蒙古」「朝鮮」「日本」の五つの民族が手を取りあい、王道による理想的な政治をするとうたい、植民地支配を推進していった。

こんどは「多民族共生」である。

低賃金の奴隷を確保するためならなんでもやるのが資本主義だ。「豊かな生活」というのは、搾取をしなければ成りたたない。

全部で一〇〇〇円しかないとき、一〇人がそれぞれ一〇〇円ずつ取ったら、儲かる人はいない。八人が一〇円、一人が二〇円しか得られないとき、初めて九〇〇円得られる人間がでてくる。

アメリカのように、移民という低賃金の奴隷を合法的にも非合法的にも確保できる国内の植民地化をしなければ、「豊かさ」は維持できないのだ。

日本政府は、自らの利益のためには「天皇制」も「単一民族国家論」も「純血主義の血の文化」もかなぐり捨て、かつてのサヨクよりも劇的な施策を投げてきた。

こういうやり方はいつものことだが、ここまでえげつないと吐き気がする。この最高裁判決を何よりも甘い汁として味わうのは、おそらく今まで搾取し、たたいてきた連中なのだろう。

自分の頭で考えよう

「こだま」から「のぞみ」に乗り換える新幹線の乗り継ぎ駅で、二〇分ほど時間が空いた。

在来線乗り場にあるお弁当屋さんに行こうとしたら、乗り換え改札でつかまった。

「ここは通れません」

「えっ？　他の主要ターミナルでは、いつも通ってお弁当やお茶を買っていますが……」

「ここを通るなら、特急券をもう一度買ってもらいます」

「そんなこと一度も言われたことないですよ」

「だめです。特急券を買ってください」

特急券は一万円近くする。一〇メートルも離れていない店に行くだけなのに、それをもう一度買えというのだ。

まだ二十代らしい、若い男性駅員だった。

三〇年近く新幹線に乗っているが、初めての経験である。

ホームにもどって年配の駅員に尋ねると、「出られますよ」と言っていっしょに改札まで来てくれた。

するとさっきの若い駅員は、「ちぇっ」と舌打ちし、「本当はだめなんですよ」と言ってから出るのを許可した。

その態度の失礼さに、「あなたがまちがっているわ」と言うと、ムキになって再び「だめです」の一点張り。

弁当屋は目の前である。

改札にいるほかの駅員もどうぞ買ってきてくださいと言うので、「どちらが正しいのですか?」と問うと、彼は吐きすてるように、「(ほかの駅員は)勉強不足なんだ」と言い放った。

カチンと来た。

「出ます」と言って改札を抜けると、後ろから走ってきて、「特急券代を払ってください」と言う。

「さっき出てもいいと言ったじゃないですか」

「特急券代を払ってください」

改札にもどり、「どうなっているんですか?」と再度問うと、古参の駅員は、どうしようもないなぁという顔で、どうぞ買ってきてくださいと促した。

私は、彼の目の前で弁当を買って新幹線に戻った。

新幹線の車掌に確認すると、規則では特急券での途中下車はできないが、こだまからひかりやのぞみに乗り換えるときに在来線の売店に行く程度は、サービスとして認めているとのこと。そのほうが、売店の売り上げも上がるからだ。

ことの顚末《てんまつ》を告げると、「そ、そんなことがあったんですか……。すいません」と謝られた。

彼に謝ってもらう理由はない。

若い駅員は、規則にのっとって仕事をしようとした。それじたいは悪いことではないだろう。

彼は、たとえ規則が実態とかけ離れていても、あくまで規則を遂行するのがプロだと思ったのかもしれない。彼の頭の中に、乗客へのサービスという観念はない。人前で年上を侮蔑したり罵倒することにも心が痛まず、わずか一〇メートルの距離に一万円近い特急券代を請求することもふしぎとは思わないのだろう。

「勉強不足なんだ」ということばに、かつてカンボジアで見たポルポト派の兵士たちを思いだした。与えられた指令に、なんの疑問も抱かず邁進《まいしん》する。経営者にとっては、都合のいい奴隷なのだ。

ＪＲがかつて国鉄だった時代、サービスを向上させるため、働かないものは切るとして民営化を打ちだした。

確かに、当時の駅員の態度は私の知るかぎり最悪だった。しかし、実際にリストラされたのは手抜きした労働者ではなく、権力に逆らったり、自分の意見をもって現場で汗を流していた労働者たちだった。

国鉄労働組合の組織をつぶすために、経営側はあからさまないじめと虐待を続けた。

やがて、一人二人と権力側に寝返り、志を貫きとおした者が最後まで冷や飯を食わされた。

裁判でＪＲが敗訴した今も、原状回復はなされていない。

「勉強不足なんだ」と怒鳴ったあの若い駅員は、自らの組織の歴史を一度でも勉強したことがあるのだろうか？

きっと、十分勉強したからこそ、お上《かみ》に逆らってはいけないと学習し、自分でものを考えることを放棄したのだろう。

客の顔も見ることができないその感性に、国労つぶしは完全に成功したな、と思った。

直久さんの挑戦

直久さんは、一部上場企業で理事であったが、五十代の働き盛りで会社をやめた。

八年ほどまえ、直久さんが人事教育部長だったときに知り合い、以来、研修の仕事を請け負いながらその生きざまを見てきた。

経済週刊誌で企業の求める人材とか大学一覧の特集を見て、「うちの会社の望む社員像とは違うなぁ」と笑いながら語ったあと、来年採用の新入社員の中に子どもがいる者がいるからなんとか住宅を手配したいと言う。

彼の視線の先には、いつも温かさがある。

人事からそういう人間的な温もりがなくなったら、企業はただのマーケットを取るだけの装置に過ぎなくなる。そこには人が居るのだ、ということを彼は全身で語っていた。

ある日、雑談の中でその直久さんがポロッと口にした。

「実は、娘に言われましてね」

いきさつははっきりおぼえていないが、おとなになった娘から、「お父さんは仕事人間で、そばにいなかった」と言われたというのだ。

その瞬間、「そりゃ、娘が正しい。悪いのはあなた」と、ドッボにはまるような駄目押しをしてしまった。

「そうですよねぇ」という素直な反応に、こちらが拍子抜けしたほどだった。

直久さんは、宮城県の出身。

大学を出て就職が決まったとき、両親は喜んでくれたという。

その母親が、少しまえに亡くなった。

おそらく息子の出世を誰よりも喜んだであろう母が、息子に最後まで言わなかったことがある。

宮城で勤務してほしい……。

その思いは、東京で、日本で、世界で活躍する息子には、とうてい言えないことばだったのだろう。

直久さんは、母親の死後になって、本当は宮城で働いてほしかったというその思いを、人づてに知った。

しばらくすると、こんどは、母親が亡くなるまえから片麻痺となっていた父親が病気になった。

これを機に、彼は宮城で一人で暮らす父のめんどうをみることを決意した。

驚くほどの年収とその地位を捨てたのだ。

妻は、「いいんじゃない、そのようにしましょう」と言った。

父に残された人生は、そう長くない。

思えば、父と語る時間はあまりにも少なかった。

「お父さんと、お母さんのことをじっくりお話できるといいですね。ご両親の人生に耳を傾けられる最後のチャンスかもしれない」

私は直久さんにそう言った。私自身、父が亡くなるまえに、父から何も話を聞けなかったことを後悔していたからだ。

両親や祖母の人生に耳を傾ける時間を、人生の中でどうしてとることができなかったのだろうか。そして、そういう時間がとれていれば、もっと親のことを理解できただろうにと思ったからだ。

直久さんは、東京の家と宮城との間を往復しながら、娘との関係、妻との関係、そして父との関係をさらに豊かなものにしているのだろう。

直久さんからメールが来た。

「……二〇一九年三か月のサラリーマン生活が染みついており、いつもどおり目覚ましなしで五時に起きてしまいます。

きのうは地震で乱れた家の中を片づけたり、チョットだけペンキ塗りをしたり、その他私の着る物を入れる箱等を購入に行ったりしたので少々疲れました……」

「……私は東京と田舎の行ったり来たりの生活を続けながら、二か月半でホームヘルパー二級の修了証を取得しました。一一月には福祉住環境コーディネーター三級の試験を受け、そのあとは介護保険請求事務の通信教育にチャレンジする予定です。介護・福祉の環境は、資格と経験がものを言いまして、私のような新参者にはなかなかきびしいものです。

また、この業務に現場で携わってる方の大半、特にヘルパー業務は女性への依存が九六％強です。仕事の内容からして男性の進出が必要だと思います。しかし、業務の割には処遇、待遇がプアーなのも原因の一つだろうと思っています。

介護保険等制度はできてきてますが、改善すべき問題は多々あると思います……」


企業人が地域社会に入りだして久しい。

私たちは、多くの良心ある人たちと新しい「地域」、新しい「家庭」の絆を作りはじめているのかもしれない。

非暴力の思想

大学の一年生と二年生を対象に人権の講義をした。

「私は、日本で生まれた在日朝鮮人の三世です。国籍は韓国です」と自己紹介をしたうえで、三つの質問をしてみた。

1. もし日本と韓国が戦争になったら、辛さんはどちらにつくと思いますか？

①日本　六〇名

②韓国　四〇名

③その他　一〇名

2．日本と北朝鮮が戦争になったら、辛さんはどちらにつくと思いますか？

①日本　八〇名

②北朝鮮　一八名

③その他　一二名

3．日本と中国が戦争になったら、辛さんはどちらにつくと思いますか？

①日本　一〇三名

②中国　七名

中国と答えた学生は、韓国と中国がいつも反日を言って日本をたくので、二国は共闘しているから、韓国籍の私も中国側につくと考えたという。

韓国における「中国人」差別はきびしい。華僑《かきょう》などの法的地位が最も低く、中華街がないのは韓国だけと言われるほど、その抑圧の歴史は長い。一〇〇〇回近く侵略を受けてきた歴史のなかで、二回を除けばすべて中国側からだと語る人も少なくない。

また、中国の朝鮮族自治区から経済的に豊かな韓国へ出稼ぎにきた人たちが、韓国内で法的に保護されず、ひどい仕打ちを受けることも日常茶飯事だ。ここ数年、やっとのことで彼らの人権が問題となってきた。日本から見る姿とはまったく異なる現実がある。

韓国と中国が手を結ぶと考えるのは、日々のテレビ報道の延長線上にある思考だ。おそらく、多くの人がこの学生と同じように考えているだろう。

私の回答はいたって簡単だった。

「もし、戦争になったら、どちらにつくことも許されず、一番最初に殺されるのが私です。日本にいても殺されます。韓国にいても、北朝鮮でも、中国でも。それが戦争です」

そう、戦争はまず異端を殺してから始まる。疑わしいもの、敵を利すると考えられるものを殺してから始まるのだ。

私が韓国につく、北朝鮮につく、中国につくと答えた学生は、「お前は敵だ」と言ったのに等しい。そのことばは、クラスに一人だけいた在日の学生にどのように届いただろうか。

先だって、小学校二年生になる弟の子どもが、「お父さんは外国人なの?」と聞いてきた。自分は日本人なのに、お父さんは外国人で、しかも日本語を話すことがふしぎだと言う。

「むかし、日本は朝鮮に土足で入ってきて、たくさんの人を殺し、働かせ、土地を奪って、名前までも取りあげてしまったんだよ。そしてお父さんのおじいちゃんたちが日本に連れてこられたんだね。だからお父さんは日本で生まれたんだ」

「ちょうせんは、何か悪いことをしたから（植民地に）されたの？」

「してないよ」

「日本は、ちゃんとあやまったの？」

「あやまっていないよ。今でも、いいことをしたと思っている人もいるよ」

「じゃ、ちょうせんは、日本に仕返しをしたの？」

「してないよ」

「…………」

一瞬の沈黙のあと、

「ちょうせんは、ほんとうにエライね」

八歳の姪っ子は、そう言って私をじっと見た。

非暴力の思想とは、戦争をしないということではない。どんな極限状態になっても決して相手を殺さないということだ。

そう、たとえ殺されても、相手を殺さないという思想だ。その覚悟がなければ、平和は作れない。憲法九条も守れない。

国民国家の枠組みから一歩外に出てみれば、いかに国家権力というものが殺人マシンかがよくわかる。在日だけでなく、国家というものは、暴走を始めたら人々を守りはしない。

姪っ子のことばを思いだしながら、「エライね」と言われるおとなにならなくてはならないと思った。

自分の無力を自覚して

もし、私の長所を聞かれたら、「問題を打開するためになんでもチャレンジすること」と答えるだろう。

何かをしようと決めたら、食事をしていても、電車に乗っていても、トイレやお風呂の中でも、絶えず頭の中ではそのためのさまざまなシミュレーションをしている。

そして、行動に移す。

ダメでもともと、と考えればなんでもできたし、それは私が生きるうえで大きな力となった。

しかし同時に、自分は他者をも変える力をもっていると思いこむ、致命的な欠陥をも生んだ。

私には、三歳下の弟がいる。一四歳で家を出て、ヤクザを約三〇年、同時に右翼も十数年やっていた。私の心の中には、いつも弟がいた。どこで何をしているのか、ちゃんと生きているのか、幸せなのかと。

米国から戻ったとき、これからは母の老後をサポートし、弟の生活を立ち直らせる、と決めた。それは私がやらなければならないことだと思い、また、できると思っていた。

いま、弟はカウンセラーの支えを得て、生活保護を受けている。私がすべての支援を切ったからだ。

昨年、意識的にしたことではないが、弟は二回自殺未遂をした。駆けつけた弟の部屋から戻るとき、自宅までの道のりがひどく長く感じられた。

私の家は、坂を上りきったところにある。重い足取りで西日に向かって坂を上っていると、親子四人連れが坂を降りてきた。父親の手には幼児が抱かれ、母親はベビーカーを押していた。

それは、自分が人生のなかで捨ててきた姿であり、手に入らない光景だった。

私は何をしてきたんだろう、どこまで行ったらこの地獄から抜けだせるのだろうかと思ったとたん、足は一歩も前に進まなくなった。ただただ、涙があふれた。

兄弟姉妹のことで右往左往する私の姿を長いこと見てきた会社のスタッフが言った。

「社長には、何か理想とする家族像があるのですか？」と。

社員たちは、わが家で何か問題が起きるたびに私をサポートしてくれた。彼らは一度として愚痴をこぼしたことがない。私が市民運動に没頭しているときも、石原東京都知事に抗議をしているときも、徹夜でプログラム開発をさせているときも。

理想かぁ、と思った。

そういえば、結婚するなら相手は肉体労働者で、穏やかな人のいい男で、暮らすなら長屋で、子どもは五人とか六人とか産んで、ワイワイガヤガヤやりながら、みんなで食卓を囲みたいと思っていた。

スタッフが問うた「家族」は、それとは違う。今の、私の母や兄弟姉妹との関係なのだ。

考えたこともない質問に一瞬とまどったが、「泣いている姿が脳裏に焼きついているんだよ」、そう答えた。

だから、家族には泣かないでいい生活をさせたかった。自分だけが安定した生活をするのは「罪」だと思った。美味しいものを食べたり、休んだり、他人よりいい扱いを受けたりすると、なんとも言えない罪悪感に襲われた。

かつて、兄が朝鮮人だということで警察官の家の子どもからいじめられた。すさまじいまでの差別に、母がその家に抗議に行った。しかし、母はまるで犬のようにあしらわれ、その家の階段の途中で泣いていた。

兄も、弟も、よく泣かされていた。運動場の真ん中で、わーんわーんと泣いている弟を見つけると、授業など放りだして駆け寄った。姉は、栄養失調だったこともあり、とりわけ弱かった。父母の夫婦ゲンカが始まると、恐怖からしゃがみこんで泣き叫ぶだけだった。兄と弟はさっさと逃げ、いつも私だけが仲裁に入った。私の記憶の中の兄弟姉妹はいつも泣いていた。

だからこそ、そこから這いあがりたいと願ったし、みんなが笑える関係を作りたかった。そのために必要だったのは「金」である。圧倒的な貧しさから這いあがるには、愛や理屈などなんの役にも立たない。お金があればご飯も食べられるし、暖かい服だって着られる。病院にも安心して行ける。

一家を支えて働けるのは、私しかいなかった。兄と姉は結核をわずらい、母は今も病院通いが続いている。

父の死後、やっとの思いで家を建て、母と、姉と、兄一家を呼び寄せて暮らしはじめた。

私は、これで一応の責任を果たしたと感じた。しかし、その関係はまったくうまくいかなかった。家や環境が整っても、こじれた感情はどうにもならなかったのだ。

それぞれみな生きていくのが苦しいのに、互いに手を取りあえない。私がどれだけ兄弟姉妹を支えても、私が大切にしている母を彼らが大切にすることはなかった。私が大切に思う兄弟姉妹を、それぞれが互いに思いやることもなかった。

壊れた家族が、半世紀を経て仲よく暮らすことなど、ふつうに考えればありえないのに、私はそれを認識できなかったのだ。

そんななか、何十年も音信不通の弟を探しだし、その空間に弟も引きいれようとした。これは、もう、私の病気そのものだった。

弟は、自分からはひとことも「金を貸してくれ」とは言わなかったが、弟が困っているそぶりをすれば、私が先回りして問題の解決に動いた。十数件にも及ぶ裁判、借金の清算、韓国の戸籍の整理とパスポートの申請、新しい仕事の準備、部屋を借りるための何十件もの不動産屋巡り、病院探しや、弟が世話になった人たちへのお礼のあいさつ回り、母や兄姉との関係修復など、まるまる一年、仕事などするヒマがないほど時間をとられた。

仕事を始めるというので、やっとスタートラインに立ったと思いきや、弟はお膳立てしてあげなければ何もできない。偉そうに命令はできても、紹介された人と自分だけで会うことも、話を進めることもできなかった。いわんや他人に頭をさげて教えてもらうことなど、まったくできない。

精神科の医者からは、「彼は、してくれたことではなく、してくれなかったことにしか意識が行かない。だから、一生、ありがとうとは言わない」「本来親に向かうべき感情が、姉であるあなたに向かっている」と言われた。

気がつくと、貯金は使い果たし、借金を抱えこみ、私の生活はボロボロになっていた。弟とはそもそもコミュニケーションが成りたたない。しまいには、鬱《うつ》になったのは私のせいだと言いはじめた。それでも私は弟を離さなかった。腕はちぎれそうだったが、過酷な差別を生き抜いてきた弟の人生を思うと、在日は家族が手を離したら終わりだという強迫観念が私を支配していた。

見かねた友人が間に入り、私から弟を引き離して生活保護の手続きをとった。しばらくの間、私は放心状態だった。友人は、私の傍に来ていっしょに泣いてくれた。

周囲は冷静だった。

「弟さんの人生を彼に返してあげなさい」「弟さんの生きる力を信じること」「もし、それで弟さんが死んだら、それが彼の寿命と思ってあきらめなさい」と。

ある友人は、私のことを「水道の蛇口」だと言った。家族が蛇口をひねるとジャーと水が出るように、なんでも出てくる。そうやって、彼らの生きる力を奪ってきたのだと。

自分の人生の膨大な時間や、お金や思いをすべて失って、やっと自分の愚かさがわかった。

家族に対する過剰な責任感を、どうして私はこれほどにももちつづけたのだろうかと思う。その謎解きは、私がもっと自分自身の人生に目を向けないとわからないのかもしれない。

確かなことは、私は、他者の人生に対しては無力であるということだ。それに気がつくまでに半世紀を要した。五〇歳をまえにして、人生、一から仕切り直しである。

自分が変わらないかぎり、人との関係は変わらない。どんなに結果が良くても、それを同意なしに強いるのは暴力だ。

いつも研修で言っていることが、家族のこととなると見えなくなっていた。

身のまわりのことから始めなければならない、変わろう、変わらねば、と決心して、これからの道を歩みたいと思う。

二〇〇八年六月　夜空を見上げながら

辛淑玉

初出一覧

本書は、『ちいさいなかま』2003年9月号〜2008年9月号に連載した「わたしのアングル」から抜粋したものです

東京ローズと旧日本兵——'03. 9月号
人名より品格が大事——'08. 3月号
声をあげつづける責任——'05. 9月号
帰化と年金——'04. 2月号
またぞろタマちゃん——'06. 3月号
リストカット——'04. 5月号
弟からの電話——'05. 2月号

吐きだした感情の行方——'06. 7月号
特権階級の鈍感さ——'06. 8月号
ちょっぴり哀しいねぇ——'07. 3月号
やさしさを拒む理由——'06.12月号
「私がルール」の異常さ——'07. 1月号

着がえも、トイレも——'06.10月号
山口百恵の罪——'07. 2月号
キャリアの否定…だからと言って終わったわけではない——'04. 9月号
進化の止まった男たち——'05.10月号
ケンカの作法——'03.12月号
「シアワセ」はオトコがくれるもの？——'06. 5月号
母の気持ち　子どもの気持ち——'08. 6月号

それでもありがとうか…——'03.11月号
わかってるよ——'07.12月号
生きて罪を償うこと——'08. 2月号
光市母子殺害事件場外乱闘——'08. 8月号
宅間死刑囚の処刑——'04.12月号
善人と悪人——'06.11月号
その手に乗ってはいけない——'06. 6月号

違和感——'07. 7月号
何が報道されていないか——'08. 1月号
新五族協和としての多民族共生——'08. 9月号
自分の頭で考えよう——'04. 8月号
直久さんの挑戦——'04. 4月号
非暴力の思想——'07. 8月号

その手に乗ってはいけない！

2008年8月20日　初版第1刷発行

著者――――辛淑玉

発行所――――ちいさいなかま社
〒166-0001　東京都杉並区阿佐谷北3-36-20
TEL 03-3339-3902（代）
FAX 03-3310-2535
URL http://www.hoiku-zenhoren.org/

発売元――――ひとなる書房
〒113-0033　東京都文京区本郷2-17-13　広和レジデンス101
TEL 03-3811-1372
FAX 03-3811-1383
Email:hitonaru@alles.or.jp

印刷所――――光陽メディア

ISBN978-4-89464-121-1 C0036

表紙＆本文イラスト――――デュフォ恭子
ブックデザイン――――阿部美智
（オフィスあみ）

子どもたちの心とからだを育む
「スローフードな食卓」をめざすために
今、私たちにできることは?

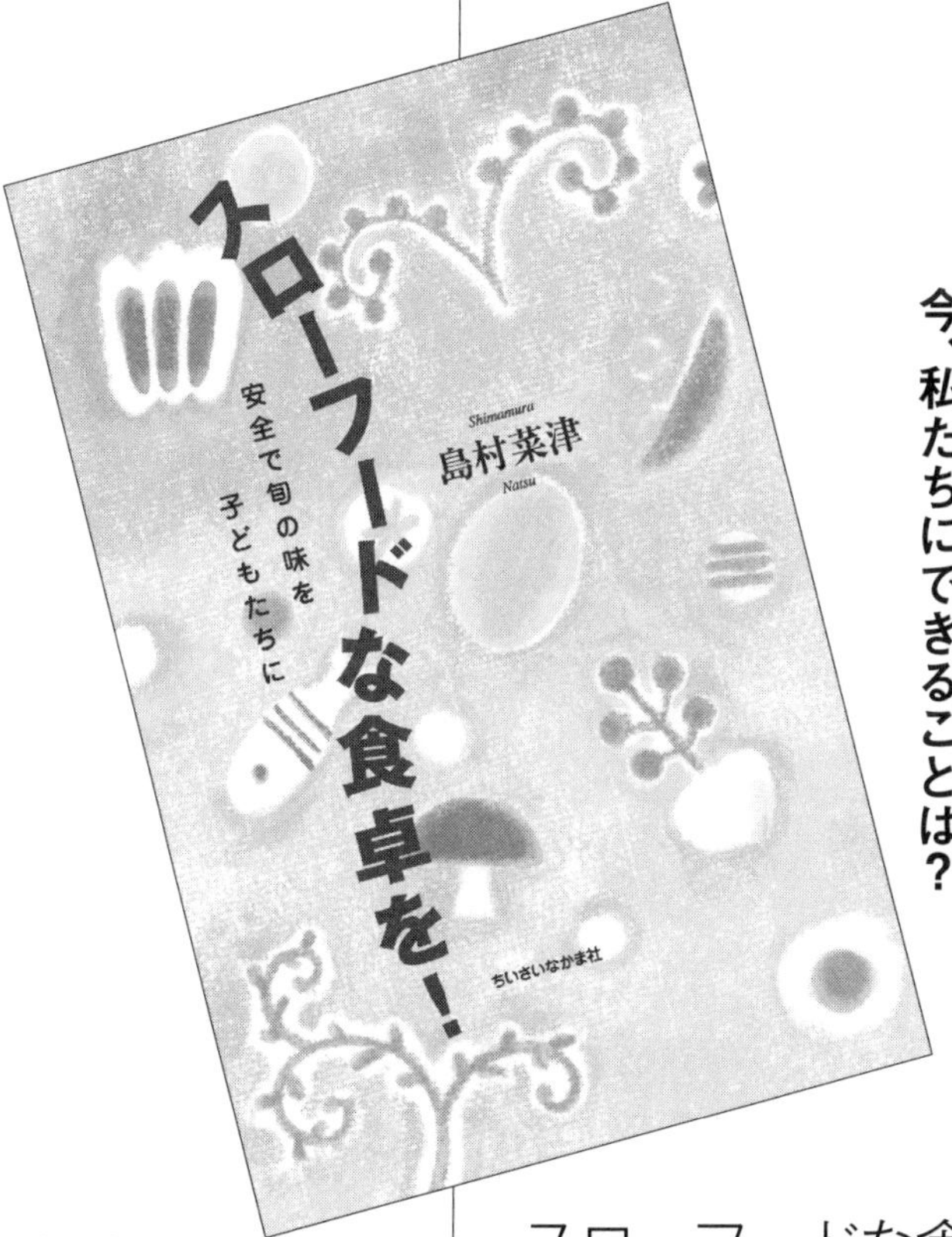

［主な内容］

I　子どもをとりまく「食」環境
お菓子の棚はめまいがするほどのキャラクター商戦
子どもを食いものにする食品マーケティング
安い外材でつくられた「もどき肉」
アメリカのいちごが日本のクリスマスケーキに
お子さまの舌をバカにしているお子さまランチ

II　子どもの「食」を守るために私たちにできること
環境にやさしいスローライフ
今も下がっている食料自給率について
フード・マイレージって知っている?
農家民宿に泊まって、食べものを作る人とつながろう
改めて産地にこだわろう

スローフードな食卓を!
安全で旬の味を子どもたちに
島村菜津

発行：ちいさいなかま社
発売：ひとなる書房
四六判／160 ページ／定価＝1400 円＋税